Ernst Conrad Schulze

Die bezauberte Rose

Romantisches Gedicht

Ernst Conrad Schulze

Die bezauberte Rose
Romantisches Gedicht

ISBN/EAN: 9783337128081

Printed in Europe, USA, Canada, Australia, Japan

Cover: Foto ©Andreas Hilbeck / pixelio.de

More available books at **www.hansebooks.com**

Die
bezauberte Rose.

Romantisches Gedicht

von

Ernst Schulze.

Illustrirte Prachtausgabe

Mit Holzschnitten nach Zeichnungen von Friedrich Baumgarten

Leipzig:

F. A. Brockhaus.

1862.

Zueignung.

Als du mich jüngst nach manchen trüben Tagen
Zum ersten mal mit holdem Wort begrüßt,
Da wollte gern mein Mund den Dank dir sagen;
Doch hab' ich's leicht mit deinem Zorn gebüßt,
Weil minder nicht als meinen leisen Klagen,
Auch meiner Lust dein Busen sich verschließt.
So magst du denn für mich die Muse hören,
Denn Göttern kann kein Mensch das Reden wehren.

Ernst Wilbing.

So fühlst du denn mit lauen Lenzes-
schwingen,

Genesung, heut' mir Brust und Angesicht,

Und siegend steigt aus trüben Wolken
ringen

Ein klarer Mond, des Lebens heitres
Licht.

Nicht kann ich jetzt zurück die Blüte
zwingen,

Die neubelebt aus voller Knospe bricht,
Um wunderbar in lieblichen Gestalten
Durch alle Welt die Blätter zu entfalten.

1

2

Denn wie empor an blauen Himmelshöhen
Mit meiner Kraft zugleich die Sonne schwebt,
Und weit hinweg die dunkeln Wolken wehen,
Die dort das Licht, wie mich das Leid, umwebt,
Läßt sich auch mir die Welt von neuem sehen,
Wie einst ihr Bild in meiner Brust gelebt:
Die Strahlen, die, mir lang verschleiert, schliefen,
Erwachen hell in ihren heil'gen Tiefen.

3

Und jenen Geist, der aus verschwiegnen Quellen
Durch alles Sein sich schöpferisch ergießt,
Durch den Gestalt und Leben sich gesellen
Und todtem Wort ein blühndes Bild entsprießt,
Ihn, der so hold aus Wolken und aus Wellen,
Aus Wies' und Wald mit leisem Ton uns grüßt,
Sein Walten kann, wie einst in schönern Zeiten,
Noch einmal jetzt mein Sinn verstehn und deuten.

2

Hier ruft der Hain mit tausend holden Stimmen,
Mit Klang und Duft mich in sein gastlich Haus:
Die Wölkchen, die durch helle Lüfte schwimmen,
Ziehn lustig dort auf ferne Reisen aus.
Ich seh' die Lieb' in allen Blüten glimmen,
Den Schönen schmückt die Wiese sich zum Strauß,
Die Rose birgt in ihrer zarten Hülle
Mit mehr der Lust der Schmerzen süße Fülle.

3.

Das Gärtchen auch, das dort, mir halb verborgen
Und halb enthüllt, so holde Blumen trägt,
Das all mein Glück und alle meine Sorgen
Mir oft so nah' im engen Raum umhegt,
Der theure Ort, wo sie auch diesen Morgen
Mit zarter Müh' die jüngern Schwestern pflegt,
Die, sanft berührt von ihren milden Händen,
Mir buntern Glanz und süßre Düfte senden:

6

Wie scheint es jetzt viel reicher sich zu schmücken,
Wie glänzt der Thau, wie prangen Farb' und Grün!
Wol hat das Licht aus ihren klaren Blicken
So holden Reiz den Bildern dort verliehn.
Stets bunter will der Zauber mich umstricken,
Es wächst der Raum, die engen Schranken fliehn,
Schon läßt dem Aug' ein weit Gefild sich sehen,
Mit Wald und Thal, mit Quellen, Au'n und Höhen.

7

Und jene dort, nicht weiß ich, ob's die Rose,
Die sie erzog, ob sie es selber ist,
Die schüchtern blüht und unter zartem Moose
Den Dorn verhehlt, und doch ihn nie vergißt,
Die Liebliche, die zagend nur und lose
Der laue Hauch mit Geisterlippen küßt,
Indeß von fern die Schmetterlinge fliegen
Und mit dem Duft bescheiden sich begnügen;

8.

Sie scheint ein süß Geheimniß mir zu hegen,
Das tief im Schos der zarten Blätter ruht;
Solch Leben kann sich nicht in Pflanzen regen,
Fühllosem nicht entwehn so holde Glut;
Auch seh' ich wol, daß Geister sie verpflegen,
Ihr Blühen steht in stiller Elfen Hut,
Die schön geschmückt mit thaubenetzten Kronen
Im tiefsten Kelch als goldne Stäubchen wohnen.

9.

Und da ich nun den Blick zur Ferne richte,
Ins bunte Thal und in den lichten Hain,
Erkenn' ich bald die freundliche Geschichte,
Weil ihren Strahl die Götter mir verleihn.
Von selber scheint zum zierlichen Gedichte
Sich Klang an Klang und Bild an Bild zu reihn;
Denn wie es einst in ferner Zeit geschehen,
Das kann ich klar mit eignen Augen sehen.

10

Das Königsschloß mit goldgeschmückten Zinnen
Erhebt sich dort am Hügel stolz und fest.
Nichts Schönes läßt im Traume sich ersinnen,
Was nicht sich dort noch schöner schauen läßt:
Allein das Schönste, wähn' ich fast, ist drinnen,
Aus Weihrauch baut der Phönix ja sein Nest,
Daß schon von fern der süße Duft uns lehre,
Welch edlem Herrn solch edles Haus gehöre.

11.

Und sieh, so ist's: denn in des Gartens Hallen
Erscheint es jetzt gleich einem Traumgesicht.
Zwölf Jungfraun sind's, doch weil' ich unter allen
Auf einer nur, die andern acht' ich nicht;
Denn wie sich oft auf glänzenden Krystallen
Der Sonnenstrahl in sieben Farben bricht,
So ist in ihr das Licht vereint, und jene
Sind Strahlen nur vom Abglanz ihrer Schöne.

12

Wohin doch wol die vollen Rosen schwanden,
Die prangend dort mir ihren Kelch gezeigt,
Die Lilien, die dort so glänzend standen,
Die Veilchen auch, vom Thau so hell und feucht?
Ob Nymphen sie in bunte Kränze wanden?
Ob welkend schon ihr Haupt sich hingeneigt?
Jetzt seh' ich sie nur noch auf jenen Wangen,
Auf jener Stirn, in jenen Augen prangen.

13

Weich hat ihr Haar in sanftgelockten Ringen
Ein goldnes Netz um Hals und Brust gewebt,
Ein Frühling scheint aus ihrem Blick zu dringen,
Deß frischer Quell in ihrem Busen lebt.
Wie lieblich mag die zarte Stimme klingen,
Weil sie vom Hauch so holder Lippen bebt,
Die unentweiht, gleich halbentkeimten Blüten,
Nur erst im Traum, was Küsse sind, erriethen.

11

Ein blau Gewand, das goldne Schleifen binden,
Hüllt faltenreich die schlanken Glieder ein:
Doch was mir Haupt und Arm und Brust verkünden,
Mag mir ein Bild der stillern Reize sein.
Kein Meißel kann so reiche Formen ründen,
So züchtig glänzt kein Schnee, kein Elfenbein;
Und, wenn nicht ganz die Augen mich betrügen,
Scheint leicht ihr Fuß auf Blumen sich zu wiegen.

15.

Von Anmuth ist ihr zartes Bild umflossen,
Wie unsichtbar dem Kelch der Duft entquillt;
Kein Thränlein hat dies Auge noch vergossen,
Das nicht auch gleich ein Lächeln schon gestillt;
Wenn in der Brust auch leise Wünsche sprossen,
Noch haben kaum die Knospen sich enthüllt,
Noch ahnt sie nicht, daß auch in ihrem Herzen
Ein Quell sich birgt von Sorg' und süßen Schmerzen.

16.

Wol mancher mag die weiße Ros' erheben,
Die still im Schos den keuschen Frieden trägt:
Ich werde stets den Preis der rothen geben,
Aus welcher hell des Gottes Flamme schlägt.
So feuchten Glanz, solch glühend Liebesleben,
So lauen Duft, der Sehnsucht weckt und hegt,
Solch kämpfend Weh, verhüllt in tiefe Röthe,   .
Ich acht' es süß, ob's auch verzehr' und tödte.

17

Drum wähn' ich auch, wenn einst in jener Schönen
Aus leisem Schlaf das reiche Herz erwacht,
Wenn Wahn und Furcht, wenn Hoffnung, Wunsch und Sehnen
Ihr siegend nahn mit wunderbarer Macht,
Wenn Freud' und Schmerz von einer Saite tönen,
In einem Traum ihr Auge weint und lacht,
Erst dann wird ganz ihr Reiz, vom lauen Wehen
Der Lieb' umspielt, in voller Blüte stehen.

18.

Doch während nun die holde Schar im Kühlen
Sich an den Rand der klaren Quelle setzt,
Und jene dort mit zarten Blumen spielen,
Und die am Lied der Vögel sich ergötzt,
Doch manche still mit Thränen und Gefühlen
Den Gott ernährt, der heimlich sie verletzt,
Verlaß' ich sie, um unter Blütenzweigen
Des Schlosses Marmortreppen zu ersteigen.

19.

Leontes ist's, der hier auf mächt'gem Throne
Das Scepter führt mit väterlicher Hand.
Ihm hat Astolf das Kleinod seiner Krone,
Sein einz'ges Kind, Klotilden, jüngst gesandt,
Daß sie geschützt in seinen Mauern wohne,
Bis er vom Feind befreie Leut' und Land,
Der plötzlich ihn mit wilden Kriegeswogen
Aus altem Haß verderblich überzogen.

20.

Gern hat der Fürst das holde Pfand genommen,
Der Vater war als Waffenfreund ihm werth:
Auch schien ihm selbst ein neues Licht entglommen,
Weil er schon lang' den eignen Sohn entbehrt:
Und jene, die als Mittlerin gekommen
Und für den Freund den Liebesdienst begehrt,
War heimlich ihm seit frühen Jugendstunden
Mit süßem Band und theurem Schwur verbunden.

21.

Denn als gesellt dem kühnen Ritterstande
Leontes noch auf Abenteuer zog,
Und jugendlich durch manche ferne Lande
Der edle Ruhm von seinen Thaten flog,
Da kam er einst zum weiten Meeresstrande,
Wo ihn zu ruhn die kühle Nacht bewog:
Er ließ sein Roß am grünen Ufer grasen
Und lagerte sich auf dem weichen Rasen.

22.

Doch hatt' er noch die Augen nicht geschlossen,
Als plötzlich ihm ein lieblich Bild erschien:
Er sah das Meer von bunten Blumen sprossen,
In Strahlen schwamm der Wellen dunkles Grün,
Ein süßer Klang kam durch die Luft geflossen,
Wie ums Gebirg' oft leichte Nebel ziehn;
Ein holder Duft, wie von den sel'gen Höhen
Des Libanon, begann umherzuwehen.

23.

Dann nahte sich auf sanftgetheilten Wogen
Ein glattes Schiff dem blumenreichen Strand;
Wie lustig auch die seidnen Wimpel flogen,
Wie leicht die Luft das Segel auch gespannt,
Doch ward es sanft von Schwänen fortgezogen,
Um deren Hals ein goldner Zaum sich wand:
Aus Ebenholz erglänzten Mast und Stangen,
Von Elfenbein schien Bord und Kiel zu prangen.

21

Ein heller Kranz von leuchtenden Rubinen
Schloß dicht gereiht den Rand des Schiffes ein,
Und lieblich schwamm, wie eine Ros' im Grünen,
Sein schönes Bild im irren Wellenschein:
Zu Tauen sah man zarte Seide dienen,
Der Anker schien ein goldner Pfeil zu sein,
Und schön geschnitzt hob auf des Schiffes Spiegel
Der Liebesgott die rosenfarbnen Flügel.

25

Mit blondem Haar und jugendlichen Wangen
Saß um den Bord ein Nymphenkreis gereiht,
Die in der Hand die Silberruder schwangen
Mit leichter Müh', im anmuthvollen Streit.
Sanft zitterte das stille Meer, es klangen
Vom leisen Schlag die Wogen weit und breit,
Als sei, beseelt zu lieblichen Accorden,
Die stumme Flut ein Harfenspiel geworden.

26.

Ein Baldachin entfaltete sich droben
Aus hellem Gold und zartem Himmelsblau,
Und drunten saß, von leichtem Flor umwoben,
Auf reichem Thron die allerschönste Frau.
Nichts frommt es mir, der Augen Glanz zu loben,
Den süßen Mund, der Glieder schlanken Bau:
Ihr holdes Bild trägt auf der Welt nur eine,
Und wer sie kennt, versteht es, was ich meine.

27.

Ein schmaler Reif von hellen Diamanten
Umgab ihr Haupt mit zauberischem Licht,
Und leicht umfloß mit reichgestickten Kanten
Ein zarter Flor ihr blühndes Angesicht:
Allein den Strahl, den ihre Blicke sandten,
Verbärge selbst der Isis Schleier nicht;
Der eine Arm lag auf des Thrones Lehne,
Der andre hielt am goldnen Band die Schwäne.

28.

Janthe war's, die durch die glatten Pfade
Des Meeres zog im stillen Mondenschein.
Oft pflegte hier am mitternächt'gen Bade
Mit ihrer Schar die Fee sich zu erfreun:
Denn schattig wob uns friedliche Gestade
Sich hier im Kreis ein blütenreicher Hain,
Aus dessen Schos, von Rosen eingeschlossen,
In diese Bucht viel klare Quellen flossen.

29.

Als nun die Fee dem glatten Schiff entstiegen,
Fand sie am Quell, dem Meeresstrande nah',
Im frischen Grün den jungen Ritter liegen,
Der süß erstaunt das holde Schauspiel sah.
Er wähnte längst in Träumen sich zu wiegen
Und glaubte nicht, was um ihn her geschah:
Kaum ließ sein Mund den leisen Athem hören,
Aus Furcht, das zarte Luftgebild zu stören.

40

Noch blüht' er hold in seinen jungen Tagen,
Sein Haar war blond, die Lippe sanft geschwellt.
Ein kühnes Herz schien diese Brust zu tragen,
Und Mild' und Kraft auf dieser Stirn gesellt.
Wol mochte man beim ersten Anblick fragen:
Ist dies Apoll, der Hirt, ist's Mars, der Held?
Doch sah man bald, daß solch ein lichtes Auge
Zum Leuchten wol, doch auch zum Blitzen tauge.

41

Kaum hatte jetzt das Feenkind Xanthe
Den hellen Blick auf ihren Gast geneigt,
Als rasche Glut in ihrer Brust entbrannte,
Die früher nie der Liebe Pfeil erreicht.
Bald in die Höh', bald auf den Boden wandte
Ihr Auge sich, von süßen Thränen feucht,
Die, tief geweckt von heimlichem Verlangen,
Ihr unbewußt durch ihre Wimpern drangen.

32

Ihr Busen stieg, wie sanft im schwülen Wehen
Der Sommerluft ein weißes Segel schwillt,
Die Wange war wie Purpur anzusehen,
Mit irrem Licht ihr feuchtes Aug' erfüllt.
Zu eilen schien ihr Fuß, und doch zu stehen;
So täuscht uns oft ein wandelnd Marmorbild.
Wie Perlen oft aus ros'gem Wein sich heben,
Sah man den Kuß auf ihren Lippen schweben.

33

Und wenn auch jüngst, seit an Armidens Blicken
Rinaldo's Kraft sich schwelgerisch verzehrt,
Mit Liebeshuld die Menschen zu beglücken,
Des Schicksals Schluß den Feen streng verwehrt:
Xanthe ließ sich von dem Netz umstricken,
Womit sie selbst so manchen sonst bethört.
Mag ew'ges Leid die kurze Lust auch rächen,
Sie zaudert nicht, die süße Frucht zu brechen.

34

Sie sieht, sie schwankt, sie hebt den Fuß, sie schreitet
Mit leisem Schritt dem Ritter zu, sie naht.
Ob auch die Furcht noch mit der Liebe streitet,
Ein glühend Herz gibt nimmer sichern Rath.
Kein Wunder ist's, wenn Amor irr' uns leitet:
Der blinde Gott kennt selber nicht den Pfad;
Doch täuscht er uns mit lieblichem Gekose
Und lügt uns dreist den Stachel oft zur Rose.

35

Schon steht die Fee mit holdverschämtem Schweigen
Vor ihrem Gast und lächelt leicht und mild;
Dann sieht man sie zu ihm sich niederneigen,
Daß wallend ihn ihr goldnes Haar umhüllt.
So senkt sich oft an schlanken Waldeszweigen
Die volle Frucht, die reich an Süße schwillt.
Mit scheuem Ton, der von dem holden Zagen
Des Herzens bebt, beginnt sie so zu fragen:

46

Wer führte dich zum fernen Zauberlande,
Zu dem der Fuß der Menschen nimmer dringt?
Mein ist die Luft, der Grund an diesem Strande,
Und mein der Raub, den hier die Welle bringt.
Drum feßl' ich dich mit diesem goldnen Bande,
Das weich sich schon um deinen Nacken schlingt,
Und werde streng als Herrin mit dir schalten,
Bis ich von dir der Freiheit Preis erhalten.

47.

Wol scheinst du dich vor vielen zu erheben
An edlem Stamm, an fürstlich hohem Sinn,
Drum sollst du mir die reichste Lösung geben:
Für Schlechte nur ist jeder Preis Gewinn.
So nehm' ich denn dein Herz, dein Blut, dein Leben,
Dein Glück, dein Leid, dich selber nehm' ich hin,
Und halte dich mit süßem Band so lange,
Bis ich für dich dich selbst zum Preis empfange.

48

So sprach die Fee: und Mienen, Blick und Winke,
Dem holden Wort bedeutend zugesellt,
Verkündeten, wie nah' die Frucht schon blinke,
Die sonst so schwer und oft so spät erst fällt.
Als ob herab der Himmel auf ihn sinke,
Umarmte jetzt sein rasches Glück der Held,
Und sollt' auch tief die Erde rings sich spalten,
Er würd' es fest in starken Armen halten.

49

Und hättet ihr der Wangen helle Flammen,
Die zarte Brust, bewegt von Amor's Wehn,
Die Augen, die in süßem Taumel schwammen,
Den Mund, der sanft zum Kusse schwoll, gesehn,
Dann würdet ihr den Ritter nicht verdammen:
Wie kann der Mensch den Göttern widerstehn?
Und füllt uns auch der schadenfrohe Knabe
Den Kelch mit Gift, wir segnen seine Gabe.

10.

Wol ist es süß, im Schatten einer Linde
Mit seiner Braut zu ruhn im zarten Grün,
Und schäferlich in jedes Baumes Rinde
Verschlungne Züg' in stillem Traum zu ziehn:
Doch süßer ist's, mit einem Götterkinde
In reicher Lieb' und neuer Lust zu glühn;
Wenn auch das Licht aus ihren sel'gen Blicken
Den Schmuck beschämt, er scheint sie doch zu schmücken.

11.

Bald nahte jetzt mit hochgefärbten Wangen
Das schöne Paar des Schiffs bekränztem Bord,
Das Segel schwoll, die leichten Ruder klangen,
Sanft wiegte sich die Schwanenbarke fort,
Und durch das Lied, das ihre Nymphen sangen,
Stahl süß sich oft Jauthens holdes Wort,
Ein goldner Pfeil, verhüllt von Blumenbanden,
Vernommen kaum und dennoch stets verstanden.

42.

Noch hat der Mond mit seinem goldnen Heere
Sich in den Schoos der Welle nicht geneigt,
Als nahe schon aus sanft erhelltem Meere
Mit weichem Strand ein holdes Eiland steigt,
Dem kann der Sitz der freundlichen Cythere,
Der goldne Hain der Hesperiden gleicht!
Gleich einem Traum, halb deutlich, halb vom Wehen
Der Nacht verhüllt, ließ sich die Küste sehen.

43.

Doch als zuerst mit rosenhellen Flügeln
Das Lichtgespann der frühen Sonn' erschien,
Da sah man klar mit Grotten und mit Hügeln,
Mit Thal und Wald, mit Blumen und mit Grün,
Mit Wies' und Quell' und glatten Wasserspiegeln
Den sel'gen Strand in holder Mischung blühn:
Vom Duft des Hains, vom Lied der Nachtigallen
Schien Meer und Luft zu zittern und zu wallen.

11

Die Lauben dort, die wildverschlungnen Hecken,
Der Bach, der hell von Fels zu Felsen springt,
Die Pfade, die mit ihrem Lauf uns necken,
Die Grott' im Thal, von krausem Wein umringt,
Wohin die Ruh' uns friedlich zum Verstecken,
Die Lieb' uns oft zum schönern Finden winkt:
Dies alles steht im Traumbuch jeder Liebe
Viel reizender als ich es je beschriebe.

15

Ein sel'ges Jahr   gern gäb' ich all mein Leben
Für solch ein Jahr, für solche Stunden hin
Sah flüchtig hier der Held vorüberschweben
Im süßen Dienst der holden Königin.
Schön mag die Perl' im Rosenkelche beben,
Doch schöner glänzt der Tropfen Thau's darin.
Und ist auch bald sein zarter Glanz zerflossen,
Nichts Süßres gibt's, als was du kurz genossen.

16

Ein zartes Kind, ein Knab', in dem Janthe
Des Ritters Kraft und lichten Heldenblick,
In dem der Held Janthens Reiz erkannte,
Verrieth schon längst ihr süßverhohlnes Glück:
Da schlug die Stund', und seine Blitze wandte
Auf beider Haupt das strafende Geschick.
O süße Lieb', o reizendes Verbrechen,
Dich wird an mir das Schicksal nimmer rächen!

17.

Einst, als das Paar in süßen Tändeleien
Des Knaben Stirn mit blühndem Schmuck umwand,
Da nahte rasch die Königin der Feien
Auf Wolken sich dem zauberischen Strand.
Schon ferne schien ihr Flammenblick zu dräuen,
Hoch führte sie den Stab in mächt'ger Hand,
Die schöne Stirn, das helle Roth der Wangen
War feindlich jetzt von finstrer Nacht umfangen.

48

Wie oft am Bach an tiefgesenkten Zweigen
Die Rose bebt, bewegt von Well' und Wind:
So sieht man jetzt Jantheus Haupt sich neigen,
Da bleiche Furcht durch ihre Wangen rinnt.
Sie drückt in stiller Scham und bangem Schweigen
An ihre Brust das holdbekränzte Kind,
Rings um sie fließt des Haares goldne Fülle,
Daß es das Pfand der süßen Schuld verhülle.

49

Doch ach, nichts hemmt die strafenden Gerichte
Der höchsten Macht, wenn ein Vergehn sie weckt!
Nicht kann das Kind, das nach dem hellen Lichte
Der Königin die kleinen Hände streckt,
Und nicht die Angst, die bleich im Angesichte
Der Mutter schwebt und jeden Zug versteckt,
Und nicht der Reiz in ihres Freundes Mienen,
Ob er die Schuld auch mildre, sie versühnen.

30

Und so begann die Königin zu sprechen:
Wol hast du schlimm dein leichtes Herz bewacht:
Drum klage nicht, wenn sich die Gluten rächen,
Die du ja selbst verwegen angefacht.
Der Knabe dort, der deine stillen Schwächen
So deutlich mir und dir so theuer macht,
Der Sünde Preis, der wechselnd dein Gewissen
Erweckt und täuscht, er sei dir jetzt entrissen.

31

Und so wie du mit ordnungslosem Streben
Dir einen Herrn aus niederm Kreis erwählt,
So lieb' auch er ein fremdgeartet Leben,
Das träumend nur ein stummer Geist beseelt:
Und eher nicht sei dir die Schuld vergeben,
Bis er versöhnt, was du im Wahn gefehlt,
Und durch die Kraft der reichen Brust nach oben
Das, was er liebt, zu seinem Kreis erhoben.

52

Als so die Fee den dunkeln Spruch verkündet,
Umschlingt sie auch den zarten Knaben schon,
Der weinend sich in ihren Armen windet,
Und steigt zurück auf ihren Wolkenthron.
Die Lüftchen wehn, der leichte Wagen schwindet,
Schon ist das Kind Jaanthens Blick entflohn;
Nichts bleibt ihr jetzt von ihren Freuden allen,
Als jener Kranz, der ihm im Fliehn entfallen.

53

Und tief betrübt, versenkt in düstres Schweigen,
Mit hartem Stahl, statt weichen Schmucks, geziert,
Muß weinend jetzt der Held das Schiff besteigen,
Das ihn so froh an diesen Strand geführt.
Die Seufzer nur, die feuchten Blicke zeigen,
Was er mit ihr, was sie mit ihm verliert:
Doch keiner will mit lauten Trennungsklagen
Des Himmels Zorn noch mehr zu reizen wagen.

54

O bittres Loos! Wol hab' ich nie beim Scheiden
So tiefes Weh, so harten Zwang gewußt,
Als selbst den Trost des letzten Wortes zu meiden,
Den letzten Laut der tiefbeklemmten Brust:
Und mischen auch sich alle jetz'gen Leiden
In solchem Wort mit aller frühern Lust,
Ich zagte nicht, es muthig auszusprechen,
Sollt' auch im Kampf mir rasch das Herz zerbrechen.

55

Ihr grünen Höhn, ihr Quellen und ihr Haine,
Ihr weichen Au'n, ihr Blumen zart und licht,
Ihr spielt so froh im hellen Sonnenscheine
Und fühlt den Schmerz der holden Herrin nicht!
Jetzt sucht sie nur ein Herz, das mit ihr weine,
Ein dunkler Flor verhüllt ihr Angesicht,
Nicht wagt ihr Blick auf jene sel'gen Auen
Auch einmal nur im Fliehn zurückzuschauen.

36

Und sie begann durch manches Land zu fahren,
Und wo ihr Aug' ein zartes Kind erkannt,
Das sie an Reiz, an Freundlichkeit, an Jahren,
An Namen nur dem ihren ähnlich fand,
Da sah man sie nicht Macht noch Liebe sparen,
Und glücklich ward ein solches Kind genannt;
Stets schien es ihr bei ihren reichsten Gaben,
Sie gäb' es ihm, dem fernen, theuern Knaben.

*

37

Doch wenn auch rings, wie Blumen das Gefilde,
Manch holdes Kind die reiche Erde trug,
Doch schien ihr keins so reizend als Klotilde,
So freundlich keins, und keins so fromm und klug.
Wie hing sie gern an jenem zarten Bilde,
Worin das Herz so rein und friedlich schlug:
Wie sprach sie oft mit süßen Schmeicheltönen:
Nur lieben kann ich dich, doch nicht verschönen!

38

Als nun der Krieg Astolf's Gebiet bedräute,
Da zagte sie, daß jener wilde Brand
Ein rauhes Los der Lieblichen bereite,
Die kaum enthüllt in zarter Blüte stand.
Drum gab sie gern dem Liebling das Geleite
Zur fernen Fahrt in ihres Freundes Land,
Um sicher dort beim nahen Wettergrauen
Ihr Theuerstes dem Theuern zu vertrauen.

39

Was beide jetzt beim Wiedersehn empfunden,
Wie trauernd sie der schönen Zeit gedacht,
Wie heiß der Schmerz der kaum vernarbten Wunden
An ihrer Brust von neuem aufgewacht.
Dies trübe Bild verblühter Liebesstunden,
Das male der, dem Lieb' und Freude lacht.
Ich, den so lang' schon gleiche Schmerzen quälen,
Vermag es nicht, so Bittres zu erzählen.

60

So war Klotild' in jenes Schloß gekommen,
So schwanden dort zwei Jahr' ihr schon vorbei;
Im vollen Glanz war jetzt ihr Reiz entglommen,
Und um sie war und in ihr Licht und Mai.
Noch hatt' ihr Herz von Liebe nie vernommen,
Und wußte nicht, wie süß das Weh oft sei.
Mag kleinres Glück auch manchen Schmerz uns sparen,
Doch ist es süß, das größte zu erfahren.

I

ie eine Ros', am frühen Tag entsprossen,

Vom Thau gekühlt, mit scharfem Dorn

bewehrt,

Vom zarten Kranz der Blätter dicht

umschließen,

Ein stolz Vertraun im keuschen Busen

nährt.

Doch traurig bald, wenn mit den goldnen

Rossen

Der Sonnengott am Himmel höher fährt,

Am fernen Strahl, der ihren Dorn nicht achtet,

Den Thau verzehrt, das Grün durchdringt, verschmachtet:

2.

So wähnt auch ihr, holdsel'ge, zarte Frauen,
Solang' euch noch kein stärkrer Reiz bewegt,
Ihr dürstet kühn auf jenen Stolz vertrauen,
Den ihr im Geist, doch nicht im Herzen hegt.
Doch läßt nicht stets der Kühne kühn sich schauen:
Ein Steinchen hat oft weit den See erregt,
Und Blumen sind's, die Amor's Taubenwagen
Im tiefsten Kelch gar still verborgen tragen.

3.

Einst kam der Tag, wo Ilios, die hehre,
Wo Priamus und sein Geschlecht versank,
Und schwache List vollzog, was nicht dem Speere
Des Göttersohns, nicht seinem Zorn gelang.
Ein Blick, ein Wort, ein Seufzer, eine Zähre,
Ein Nichts ist oft des Gottes stärkster Zwang.
Die ruhig lacht, wenn sie dein Herz gebrochen,
Bebt zärtlich oft, wenn dich ein Dorn gestochen.

4

Drum wein' ich auch, es müsse nie verzagen,
Wer einmal sich solch schönes Ziel gesteckt.
Die Tulpe blüht schon in den frühsten Tagen,
Die Rose schläft, bis heißre Glut sie weckt.
Wol sollt' ich kaum euch zu belehren wagen,
Den selbst solang' die Hoffnung schon geneckt:
Doch darf ich mir die eignen Leiden wählen,
So wähl' ich die, die mich mit Anmuth quälen.

5.

Solch süßes Leid, solch banges Liebessehnen
War auch Xantheus Liebling zugedacht:
Und zag' ich auch, benetzt mit leisen Thränen,
Den Blick zu sehn, der jetzt so friedlich lacht,
So weiß ich doch, daß sie den Reiz verschönen,
Wie köstlicher den Stein sein Wasser macht.
Auch sieht man nur bei sonnigen Gewittern
In lauer Luft den Regenbogen zittern.

6

Dort, wo ein Bach von weichem Grün umgeben,
Den nahen Hain vom Königsgarten schied,
Sah man, bekränzt mit zartverschlungnen Reben,
Vom reichen Schmuck der bunten Wies' umblüht,
Ein Hüttendach am Hügel sich erheben,
Das fast verschämt des Tages Helle mied,
Als ob es still mit seiner grünen Decke
Ein lauschend Aug', ein liebend Herz verstecke.

7.

Doch frühe, wenn von ihren Rosenschwingen
Den ersten Thau die Morgenröthe goß,
Und wenn die Stern' auf nächt'gen Pfaden gingen
Und längst der Schlaf die müden Blumen schloß,
Begann von dort ein süßes Lied zu klingen,
Das durch den Hain wie Duft und Dämmrung floß,
Als ob geweckt von holder Waldeskühle
Ein Elfe dort mit Laub und Wellen spiele.

`

Und hob auch stets in neuen Sangesweisen
Sich wandelbar das zarterfundne Lied,
Wie man die Bien' um manche Blume kreisen,
In manchem Glanz die Welle spielen sieht,
Doch schien es nur ein einz'ges Bild zu preisen,
Wie mancher Zweig aus einem Keim entblüht,
Und konnte man auch leicht die Züg' erkennen,
Es wollte nie den süßen Namen nennen.

9

Alpino ist's, der Sänger zarter Lieder,
Der dort ins Spiel der hellen Harfe greift,
Seit Amor jüngst von goldenem Gefieder
Sein süßes Gift ihm in die Brust geträuft.
Er hatte sonst beweglich hin und wieder
Mit leichtem Sinn die weite Welt durchstreift,
Bis endlich hier ein zärtliches Verlangen,
Ein holder Traum den flücht'gen Gast gefangen.

10

Denn als er jüngst im heißen Sonnenbrande
Schon manche Stund' auf irrem Pfade ging,
Und freundlich jetzt an jenes Baches Rande
Der kühle Hain den Schmachtenden umfing,
Da jagte jenseits grad' am bunten Strande
Klotilde sich mit einem Schmetterling.
Wol mochte jetzt das zarte Kind nicht meinen,
Als sie ihn fing, sie fange zwei für einen.

11

Bezaubert lag, versteckt von dichten Bäumen,
Alpino da mit glühendem Angesicht.
Wol wähnt' er erst, aus seinen wachen Träumen
Entfalte sich dies liebliche Gedicht,
Denn oft schon sah sein Auge Blumen keimen,
Und Früchte glühn, und andre sahn sie nicht;
Doch fühlt' er bald, solch zartes, frisches Leben
Vermöge nie der schönste Traum zu geben.

12

O armes Herz, wie bist du schlimm betrogen!
Wie hat so falsch mit listigem Bemühn
Dich Amor's Hand zu diesem Ort gezogen,
Der dir so hold, so kühl, so friedlich schien!
Geschosse sind und Flammen diese Wogen,
Ein offnes Netz ist dieses zarte Grün!
Wol würdest du jetzt fern im heißen Sande
Viel kühler ruhn als hier am weichen Strande!

13

Schon sinkt das Bild der Freundlichen, der Schönen
Ihm holder stets und tiefer ins Gemüth.
Sie ist sein Glück, sein Schmerz, sein Trost, sein Sehnen,
Sein Denken, sein Gebet, sein Traum, sein Lied.
Von ihr allein darf Wald und Wiese tönen,
Da ja für sie nur Wald und Wiese blüht.
O süßer Trug, wen nie dein Netz umwunden,
Hat nie den Duft der Rose ganz empfunden!

44

Jetzt ließ Alvin das stille Hüttchen bauen,
Das dort versteckt am grünen Hügel steht.
Er will nur fern die holde Herrin schauen,
Nur athmen, wo ihr süßer Athem weht.
Und wenn sie jetzt, umringt von ihren Frauen,
Durchs dunkle Grün der duft'gen Schatten geht,
Dann fühlt er, daß nichts Eignes ihm geblieben,
Denn Blick und Wort und Herz und Geist sind drüben.

45

Doch saß auch sie, die jenen ganz gefangen,
Jetzt häufiger am kühlen Wiesenbach:
Oft hing ihr Blick mit heimlichem Verlangen
An jenem Hain, an jenem stillen Dach.
Die Lieder, die von dort herüberklangen,
Sie hallten tief in ihrem Herzen nach.
Sie hätte gern, wie lieblich auch das Wehen
Der Töne war, den Sänger selbst gesehen.

16

Wer wohnt doch wol in jenen grünen Hecken?
So sann sie oft und wiegte sanft ihr Haupt:
Ich such' umsonst im Haus ihn zu entdecken,
Weil gar zu dicht der Wein die Thür umlaubt.
Er wird sich doch nicht gar aus Furcht verstecken,
Weil er vielleicht sich arm, sich häßlich glaubt?
Ich bin gewiß, es kann so süßes Singen
Aus holdem Mund, aus reicher Brust nur klingen.

17

Man pflegt doch sonst nach Mädchen wol zu sehen,
Ergötzt man sich doch auch an Kranz und Strauß:
Allein wie viel' auch hier im Garten gehen,
Nicht einmal schaut sein Blick zu uns heraus.
Zwar kann er leicht, was draußen ist, verschmähen,
Noch sah ich nie solch freundlich stilles Haus:
Auch sind mir längst die Blumen dort im Grünen
Viel reizender als unsre hier erschienen.

18

Und jenes Lied und jene süßen Klagen,
Wen meinen sie? Wo weilt dies holde Bild?
Er könnt' uns doch auch wol den Namen sagen,
Gern nennen wir, was ganz die Seel' uns füllt;
Und die er liebt, sie kann ihn doch nicht fragen:
Bin ich es, der dies süße Singen gilt?
Besorgt er wol, sie möcht' es zürnend hören?
Und gält' es mir, wie könnt' ich's ihm denn wehren?

19

So sann sie oft. Und wie aus dunkeln Bäumen
Sich ungesehn ein Säuseln oft erhebt,
Von dessen Hauch, noch halb in nächt'gen Träumen,
Der zarte Kelch der Blumen flüsternd bebt,
Wenn leise schon mit rosig goldnen Säumen
Vom nahen Licht der Himmel sich umwebt,
So schien Klotilden dann ein dunkles Ahnen
In tiefer Brust an schöneres Glück zu mahnen.

20

Und als ihr jetzt der Sinn der holden Töne
Stets klarer ward im träumenden Gemüth,
Als nach und nach ihr eignes Herz die Schöne,
Wofür das Lied Alpino's klang, errieth;
Als ihr im Blick die erste leise Thräne
Des süßen Wehs verstohlen aufgeblüht:
Da fühlte sie, daß in der tiefen Seele
Das Schönste sich am längsten oft verhehle.

21

Und in der Lust und in der Liebe Prangen
Erschien die Welt ihr jugendlich und neu.
Jetzt wußte sie, was Quell und Vögel sangen,
Daß mehr als Licht und zartes Grün der Mai,
Daß Glück und Schmerz und Hoffnung und Verlangen
In jedem Halm, in jeder Blume sei.
Nur Liebe kann dem Herzen Kunde geben,
Es wohn' ein Geist, ein Gott in allem Leben.

22

Allein wie oft an aufgeblühten Zweigen
Die Knospen, die zum Lichte sonst geblickt,
Ihr schüchtern Haupt jetzt tief zur Erde neigen
Und zagend scheun, was sie belebt und schmückt,
So zittert auch die Liebe sich zu zeigen,
Und meidet bang, was heimlich sie beglückt.
Die Lust erst treibt zum Ringen und zum Wagen,
Die Liebe spricht durch Schweigen und Versagen.

23

So mied auch jetzt Kriotild' in zartem Bangen,
Was doch so süß, so lieblich ihr erschien;
Und mocht' auch bunt der Bach von Blumen prangen,
Sie mußten spät und ungepflückt verblühn.
Doch wenn von fern Alpino's Lieder klangen,
Dann lauschte sie, verhüllt vom dichten Grün,
Und heimlich stahl ihr Blick sich durch die Hecke,
Ob immer noch der Sänger sich verstecke.

23

Doch trauernd saß, um jedes Glück betrogen,
Alpino jetzt verlassen und allein.
Wie schien ihm jetzt der blaue Himmelsbogen
So dicht umwöllt, die Flur so arm zu sein!
Wie bang erscholl sein Lied, wie klagend zogen
Die Töne jetzt hernieder durch den Hain!
Wie lagen Thal und Hügel rings in Frieden,
Und nur von ihm war alle Ruh' geschieden!

25

Und ihn, der sonst so schüchtern sich verborgen,
Ihn reizte jetzt sein stilles Haus nicht mehr:
Bald irrt' er ohne Rast vom frühen Morgen
Bis in die Nacht durch Wald und Wies' umher;
Bald lag er still, versenkt in bittre Sorgen,
Am hellen Bach und seufzte tief und schwer;
Bald sah man ihn auf hohen Felsen stehen,
Um rings von dort den Garten zu durchspähen.

26

Einst setzt' er sich an jene holde Stelle,
Wo ihm zuerst das theure Bild erschien,
Und träumend warf er Blumen in die Welle
Und sah sie rasch im leichten Strudel fliehn.
Du spielend Kind, so sprach er, klare Quelle,
Du hast zugleich mir Glück und Leid verliehn:
Doch will ich gern mit holden Blütenkronen
Im langen Schmerz die kurze Lust dir lohnen!

27.

So rief er aus. Doch jene, die umgittert
Vom dichten Grün dem Spiele zugeschaut,
Sie fühlt sich tief von seiner Klag' erschüttert,
Sie athmet schwer, rasch klopft ihr Herz und laut.
Mit mildem Blick, worin die Thräne zittert,
Tritt sie hervor, erröthend wie die Braut:
Vergebens will ihr Antlitz sich verhehlen,
Ihr banger Fuß weiß nicht den Pfad zu wählen.

18

Sie steht verschämt am weichen Ufermoose,
Sie hebt die Hand, sie wiegt das Haupt, sie sinnt,
Dann lächelt sie und bricht die schönste Rose,
Der Liebe Bild, des Lenzes jüngstes Kind,
Und wirft sie sanft ins liebliche Gekose
Der hellen Flut, die zu ihm niederrinnt.
Verstohlen scheint ihr Blick dem Quell zu sagen:
Geh, meinem Freund dies Pfand hinabzutragen.

19

Und ob sie auch das Ufer längst verlassen,
Eh' Well' und Wind den Raub hinüberwehn,
Jetzt kann sein Herz dies einz'ge Glück nur fassen,
Sein freud'ger Blick dies einz'ge Bild nur sehn.
Und sollt' er auch in dieser Stund' erblassen,
Das Leben scheint, doch auch der Tod, ihm schön.
O Stern der Dämmerung, erste Gunst der Liebe,
O wenn doch mehr als nur dein Traum uns bliebe!

30.

Ja, selig' ist's, in jenem Rausch zu sterben,
Wozu den Kelch ein Gott nur einmal beut!
Wenn sich im Lenz die Bäum' am höchsten färben,
Hat eine Nacht die Blüten bald zerstreut.
Auf Flügeln naht dem Glück sich das Verderben,
Das tauschend dann dem Glück die Flügel leiht:
Nach Stunden zählt die Lust, der Schmerz nach Jahren,
Das sollt' auch jetzt Alpino's Herz erfahren.

31.

Denn kaum ist jetzt in ihres Schlosses Hallen
Mit raschem Schritt Klotilde heimgekehrt,
Da sieht man bunt das Meer von Segeln wallen,
Am Ufer wird ein freud'ger Lärm gehört:
Schon nahen sich der Burg Astolf's Vasallen,
Wo gnädig sie der Gruß des Königs ehrt.
Erloschen ist des Krieges wildes Lodern,
Der Vater schickt, die Tochter heimzufodern.

42.

Kaum kann der Fürst zur Trennung sich entschließen,
Die plötzlich ihm die holde Tochter raubt,
Doch läßt sie selbst noch heiße Thränen fließen,
Und nicht aus Lust, obgleich es jeder glaubt:
Ihr Mund vermag die Boten kaum zu grüßen,
Sie sinkt und neigt ihr still erbleichend Haupt.
Wie reichen Schmuck ihr auch der Vater sendet,
Sie wähnt dafür ihr ganzes Glück verpfändet.

43.

Und sehnt sie auch zu jenem theuern Greise,
Zu ihrer Mutter lang' entbehrtem Blick,
Ins Vaterhaus und in die fernen Kreise
Der freundlichen Gespielen sich zurück,
Doch zittert sie vor dieser weiten Reise,
Denn näher wohnt ihr jetzt das liebste Glück.
Ach, statt des Meers trennt jetzt mit schmalem Strande
Ein Bach sie nur vom holden Vaterlande.

44.

Doch still verschämt in ihres Herzens Grunde
Verschleiert sie mit zartem Sinn das Leid.
Und ach, schon naht, schon schlägt die bittre Stunde,
Der Bote ruft, die Führer stehn bereit,
Ach, keinen Wink, kein Wort aus schönem Munde
Vergönnt dem Freund zum letzten Gruß die Zeit!
Die Winde wehn, die weißen Segel schwellen,
Schon schwimmt das Schiff dahin auf raschen Wellen.

45.

O du, der dort jetzt hinter grünen Ranken
So sorgenlos in stiller Hütte sitzt,
Und sanft im Spiel mit freundlichen Gedanken
Auf seinen Arm die glühnde Wange stützt,
Ach, mahnt dich nicht der Zweige lindes Schwanken,
Der Thau, der rings wie helle Thränen blitzt?
Ach, singen nicht der Vögel leise Lieder
Dir bang ins Ohr: Sie flieht und kehrt nicht wieder!

46

Du merkst es nicht in süßen Phantasieen,
Indeß dein Lied mit jener Rose spricht.
Sie ist dein Glück, dein Sorgen, dein Bemühen
Bei später Nacht, bei frühem Morgenlicht.
Im Schlummer selbst, wo alle Bilder fliehen,
Entschwindet nur dies einz'ge Bild dir nicht.
Wol hast du Recht, dies zarte Pfand zu lieben,
Nichts ist dir sonst von allem Glück geblieben.

47

Doch als nun Tag', als Wochen hingegangen,
Als einmal schon der Mond den Kreis durchlief,
Und spät und früh Alpino's Lieder klangen
Und keins hervor die süße Freundin rief,
Da regte sich von neuem das Verlangen,
Das wie ein Kind nur leis' auf Blumen schlief.
Ach, jede Gunst der Liebe gleicht dem Blinken
Des kühlen Thaus, den bald die Strahlen trinken.

48

Und als er jetzt den dunkeln Ruf vernommen,
Der spät sich erst zu seiner Hütte fand.
Schon lange sei ein schnelles Schiff gekommen
Von fremdem Bau, mit fernem Volk bemannt,
Und scheidend sei sein Glück dahingeschwommen
Durchs wilde Meer ins weite Morgenland,
Da fühlt' er tief mit mancher bittern Zähre,
Daß stets die Lieb' auch leise Hoffnung nähre.

49

O nahte doch in diesen dunkeln Tagen
Dem Trauernden ein Freund sich ernst und mild,
Um treu mit ihm zu weinen und zu klagen,
Bis Thrän' und Schmerz ihr reiches Maß gefüllt!
Verlassen muß der Arme jetzt verzagen,
Und keiner weiß, wem sein Verzagen gilt:
Der heitre Muth, das Bild der schönern Stunden,
Die Hoffnung selbst ist treulos ihm entschwunden.

10

Nur einer bleibt und will ihn treu begleiten,
Das ist der Gott, der ihm das Lied verliehn:
Er kann allein die Bilder freundlich deuten,
Die düster jetzt um seine Seele ziehn;
Und wie ums Meer sich zarte Nebel breiten
Und Blumen oft an harten Felsen blühn,
So weiß er mild das Rauhe zu verstecken
Und selbst im Schmerz ein Lächeln aufzuwecken.

11

Du holde Kunst melodisch süßer Klagen,
Du tönend Lied aus sprachlos finsterm Leid,
Du spielend Kind, das oft aus schönern Tagen
In unsre Nacht so duft'ge Blumen streut,
Ach, ohne dich vermöcht' ich nie zu tragen,
Was feindlich längst mein böser Stern mir beut!
Wenn Wort und Sinn in Liebe freundlich klingen,
Dann flattert leicht der schwere Gram auf Schwingen.

12

Nicht länger kann Alvino dort verweilen,
Wo er das Glück gefunden und verlor:
Verletzend drokt mit tausend scharfen Pfeilen
Aus jeder Blum' Erinnerung dort hervor.
Die Ferne nur kann solche Wunden heilen,
Verschwimmt doch Berg und Thal in ihrem Flor:
Wol mag sie auch das rauhe Bild der Leiden
In weichre Form, in mildre Farben kleiden.

13

Schon wandert er, die Harf' in treuen Händen,
An seiner Brust die Ros' und all sein Glück,
Schon will der Pfad sich um den Hügel wenden,
Und hinter ihm sinkt tief das Thal zurück.
Noch einen Gruß muß er hinübersenden,
Noch eine Thrän' und nun den letzten Blick.
Ein Leben schließt, ein andres liegt ihm offen,
An Wünschen reich, doch ach, wie arm an Hoffen!

44

So zog er nun auf ungewählten Pfaden
Durch Wies' und Wald und Höhn, hinab, hinauf;
Nicht hielt das Meer mit brausenden Gestaden,
Die Wüste nicht den irren Wandrer auf.
Wo abends sich die Sonnenrosse baden,
Wo früh der Gott sie lenkt zum neuen Lauf,
Durch Stadt und Feld, durch Schlösser und durch Hütten
Trieb Lieb' und Schmerz ihn fort mit raschen Schritten.

45

Oft muß zum Mahl die wilde Frucht ihm dienen,
Zur Labung oft der kühle Felsenbach:
Sein nächtlich Bett schwoll unter ihm im Grünen,
Und oben wob im Grünen sich sein Dach.
Dort ruht' er aus, wenn spät die Sterne schienen,
Sein Auge schlief, doch blieb sein Kummer wach,
Und selbst der Traum, der sonst mit süßen Lügen
Die Sorgen täuscht, ihn will er nicht betrügen.

16

Doch da so oft mit zärtlichem Verweilen
Sein feuchter Blick an jener Rose hängt,
Beginnt sie auch im Traum sein Herz zu theilen,
Daß oft ihr Bild Klotilden fast verdrängt.
Auch schmeichelt ihm der süße Wahn zuweilen,
Sie hab' in ihr sich selber ihm geschenkt,
Und lieblich nah' in mitternächt'ger Stille
Ihr Geist ihm jetzt in jener zarten Hülle.

17.

Auch lächelt ihm in leichtbewegten Quellen
Durch Rosen oft ihr sanft verschwebend Bild,
Die näher stets der Holden sich gesellen,
Bis zartes Grün die Glieder ganz umhüllt,
Und während noch zum Kuß die Lippen schwellen,
Hat üppig sich die Knospe schon gefüllt,
Und lieblich wallt der Worte süßes Klingen
Nur fühlbar noch auf duft'gen Geisterschwingen.

18

Und kaum noch kann sein zweifelnd Herz erkennen,
Ob er die Ros', ob er Klotilden liebt.
Wie sollt' er auch die holden Bilder trennen,
Da einzeln ihn ein jedes nur betrübt?
Auch weiß sein Lied die Liebste jetzt zu nennen,
Weil ihm ihr Bild den süßen Namen gibt.
So wandert er, mit zarterfundnen Weisen
Im holden Preis der Rose sie zu preisen.

19

Und wenn er oft in königlichen Hallen
Beim hellen Mahl die goldnen Saiten schlägt,
Dann läßt er laut die glühnde Sehnsucht schallen,
Den tiefen Schmerz, den er im Busen hegt,
Und Seufzer wehn, und stille Thränen fallen,
Wohin der Klang des Liedes Strahlen trägt:
Doch ohne Stolz verschmäht er Gunst und Gabe,
Und neigt sich still und greift zum Wanderstabe.

50

Doch wenn ihn dann im spätern Abendglanze
Ein kühler Hain, ein fernes Thal umringt,
Und holder noch sein Lied zum leichten Tanze,
Zum zarten Spiel der Hirten dort erklingt,
Dann schmückt er gern sich mit dem frischen Kranze,
Den ihm zum Lohn die schönste Hirtin bringt,
Und wünscht ihr still: daß nie dein Herz dir dente,
Was jetzt dein Ohr mit flücht'gem Klang erfreute!

51

Schon flog der Ruhm der Einzigen, der Schönen,
Von Stadt zu Stadt und weit von Land zu Land,
Wol schien's, als sei mit Amor's Bogensehnen
Das Saitenspiel Alpino's jetzt bespannt,
So wurden rings auf jenen süßen Tönen
Viel bittre Pfeil' in manches Herz gesandt;
Und wenn sein Leid den Sänger fortgetrieben,
War hinter ihm ein gleiches Leid geblieben.

52

So sah er längst ein Jahr vorübergehen,
Seit er hervor aus seiner Hütte trat,
Da irrt' er einst durch dunkle Felsenhöhen
Im fremden Land auf ungebahntem Pfad,
Und als er jetzt bei frühem Morgenwehen
Dem steilen Haupt der Berge sich genaht,
Da lag, durchströmt von silbernen Gewässern,
Ein Land vor ihm mit Städten, Au'n und Schlössern.

53

Auf einer Wies in einem schönen Garten
Stand eine Burg aus weißem Marmorstein,
Und wenn auch hoch auf Zinnen und auf Warten
Und vor dem Thor in dichtgedrängten Reihn
Viel Ritter dort und edle Knappen harrten,
Sie schienen nicht zum Kämpfen dort zu sein,
So festlich war mit Ketten und mit Spangen
Die helle Schar bekleidet und behangen.

51

Doch vor dem Schloß, wo schattig, weich und eben
Die Wiesenflur durchs grüne Thal sich wand,
War weit umher aus seidenen Geweben
Ein bunter Kreis von Zelten ausgespannt.
Wie sah man rings die leichten Wipfel schweben,
Wie leuchteten vom Golde Knopf und Rand!
Nach ihrem Schmuck, nach ihren Farben schienen
Drei Fürsten sie zur Sommerlust zu dienen.

52

Und drinnen war ein Wallen und ein Wogen
Und dehnte sich das ganze Thal entlang,
Und schöne Fraun und edle Ritter zogen
Durch Wies' und Wald bei süßem Hörnerklang:
Und wenn auch rings zu manchem Ehrenbogen,
Zu manchem Kranz sich Blüt' und Grün verschlang,
Doch schien das Gold, der Edelsteine Funkeln
Das helle Grün, die Blüten zu verdunkeln.

56

Als nun schon lang' auf dieses bunte Prangen
Vom hohen Berg der Sänger hingeblickt,
Kommt aus dem Wald ein junger Hirt gegangen,
Mit frischem Laub und Kränzen ausgeschmückt:
Ihn fragt Alpin mit staunendem Verlangen,
Welch frohes Fest man dort im Thal beschickt,
Und, um nicht lang' den Pfad zu unterbrechen,
Beginnt der Hirt das rasche Wort zu sprechen:

57.

Gefällt es dir mit mir hinabzugehen,
So wirst du leicht noch schönre Dinge schaun,
Und während dann der Pfad uns von den Höhen
Hinunterführt in jene grünen Au'n,
Erzähl' ich dir, was jüngst ich selbst gesehen,
Drum magst du wol auf meine Worte traun.
Sonst wähnt man leicht, weil seltsam die Geschichte
Dem Hörer klingt, daß sie ein Schalk erdichte.

Gern will Alpin das Abenteuer hören,
Und beide gehn, indeß der Hirt beginnt:
Der reiche Fürst, den diese Länder ehren,
Erzog ein einz'ges, wunderschönes Kind.
Zwar wollte man in unserm Dorfe schwören,
Ein jeder werd' in ihrer Nähe blind;
Doch wähn' ich, dies ist so nur zu verstehen:
Wer sie gesehn, der mag nichts andres sehen.

Schon war sie wol ein Kind von achtzehn Jahren,
Als sie nach langer Reis' ihm doppelt werth,
Und fromm und klug, wie sie hinweggefahren,
Und schöner noch ins Land zurückgekehrt.
Da kamen nun die großen Herrn in Schaaren,
Weil alle Welt von ihrem Reiz gehört,
Und Könige, ja Kaiser selbst, erschienen,
Der holden Jungfrau ritterlich zu dienen.

60.

Hätt' ich nur all' die hellen Diamanten,
Das lichte Gold, die Perlen groß und schwer,
Die täglich ihr umsonst die Freier sandten,
Denn Gaben bot und nahm sie nimmermehr,
Wol gingen mir dann Diener und Trabanten,
Und nicht mehr ich der Heerde hinterher;
Doch alles will sich nicht für alle schicken,
Drum kann ich jetzt mit Blumen nur mich schmücken.

61.

Wol wurde viel der Herrscherin zu Ehren
Gespielt, getanzt, geritten und turnirt,
Bis endlich uns, des Landes Ruh' zu stören,
Ein böses Glück drei Kaiser zugeführt,
Der eine herrscht, wo sich in fernen Meeren
Der Indus hier, der Ganges dort verliert;
Der zweite kam von Taprobanas Strande,
Der dritte war aus Sabas duft'gem Lande.

62

Mit einem Heer von wilden Kriegesleuten
War jeder Fürst zum Schutz und Trutz umringt.
Als meinten sie mit Schwertern zu erstreiten,
Was nie Gewalt, was Liebe nur erzwingt.
Wie weit ins Land die Heerden sich verbreiten,
Wenn uns der Mai die jungen Lämmer bringt,
So glänzte rings in diesem stillen Thale
Der Helm am Helme jetzt, der Stahl am Stahle.

64

Doch wie es ihr schon früher ging mit allen,
So wollt' auch jetzt, da diese Werbung kam,
Kein einziger der Kaiser ihr gefallen,
Was minder uns, als diese Wunder nahm.
Sie mochte gern im tiefsten Haine wallen
Und nährte still, so schien's, verborgnen Gram;
Auch sang sie oft halb träumend fremde Lieder
Und seufzte dann und sang sie immer wieder.

61.

Nicht härter ward ihr Herz und nicht gelinder,
Ob jeder auch nach bester Kraft sich müht',
Wie thöricht oft ein Haufen kleiner Kinder
Der Iris folgt, die durch die Wolken flieht.
Dies Spiel verdrießt den stolzen Herrn der Inder,
Der heißer noch als seine Zone glüht,
Und was ihm Recht und Sitte nicht erlauben,
Beschließt er bald mit frecher Macht zu rauben.

65

Er hatte sich den Tag dazu ersehen,
Wo jährlich man ihr Wiegenfest beging:
Man tanzte dann auf jenen Wiesenhöhen,
Man ritt und focht, und sprang und stach den Ring;
Auch durfte man im Garten sich ergehen,
Der glänzend dann voll bunter Lampen hing,
Und wo, geschmückt mit einer goldnen Krone,
Die Schöne saß auf reichgewirktem Throne.

66

Allein wie schlau er auch die Zeit erkoren,
Wie alles auch des Räubers Wunsch entspricht,
Er täuschte doch den Taprobaner Mohren,
Den braunen Herrn von Zabas Fluren nicht.
Dem Argwohn dient die Sorge statt der Ohren,
Das Fünkchen wird der Eifersucht ein Licht;
Und jeder denkt: Laß ihn das Spiel beginnen,
Was er gewagt, kannst du vielleicht gewinnen.

67

So rüsten sich nun alle drei verstohlen,
Und jeder schleicht auf unbetretnem Pfad
Mit seinem Heer, vom dichten Hain verhohlen,
Sich leis' heran zum schändlichen Verrath.
Da stehn sie nun und glühn wie heiße Kohlen,
Bis endlich sich die Abenddämmrung naht.
Sie alle sind vereint zu einem Werke:
Doch keiner glaubt, daß ihn der andre merke.

68

Als lieblich nun durch grüne Laubgehänge
Das irre Licht gleich bunten Blumen glüht,
Als spielend schon der Fittig süßer Klänge
Bald lauschend naht und bald verhallend flieht,
Und hier das Volk in freudigem Gedränge,
Und einzeln dort in stillen Paaren zieht,
Denn braucht die Lieb' auch nicht das Licht zu scheuen,
So mag sie doch im Dunkel gern sich freuen:

69.

Da nahte sich bei lieblichem Gesange
Die Herrscherin dem zauberischen Hain.
Ein wenig trüb' und bleich schien ihre Wange,
Doch mocht' es wol vom vielen Lichte sein:
Und schön geschmückt, mit sittsam stillem Gange,
Umringten sie viel zarte Jungfräulein:
Dann folgten Knaben, die die Schleppe trugen,
Und Sänger dann, die süß die Laute schlugen.

70

Wol ist es schön, wenn auf den duft'gen Höhen
Der Frühling treibt in Gras und zartem Kraut,
Und bunt umher die tausend Blumen stehen
Und aus dem Grün die rothe Beere schaut;
Doch ist die Ros' am schönsten anzusehen,
Die schüchtern glüht wie eine junge Braut,
Und still sich schämt an ihren schlanken Zweigen,
Daß alle jetzt auf sie nur sehn und zeigen.

71

So schien auch sie auf ihrem Thron zu sitzen,
Von Duft und Glanz und Blüten hold umspielt,
Und wie des Nachts sich um die zarten Spitzen
Der Blumen oft ein leichtes Flämmchen stiehlt,
So sah man hell die goldne Krone blitzen,
Die schön geschweift die krausen Locken hielt.
Ihr fein Gewand war silberhelle Seide,
Ihr Gürtel Gold und Perlen ihr Geschmeide.

72.

Doch während nun mit lieblichem Gesange
Der Sänger Chor die schöne Herrin ehrt,
Wird plötzlich rings von rauhem Waffenklange,
Von wüstem Lärm das holde Fest gestört.
Wie zischend oft die ungeheure Schlange
Mit weitem Schwung vom Baume niederfährt,
So brach, umringt von seiner wilden Horde,
Der Inder Fürst hervor zum Raub und Morde.

74.

Wie sollten wir, ein wehrlos schwacher Haufen,
Dem blanken Schwert der Krieger widerstehn?
Wir konnten nichts als zittern und entlaufen,
Wer denkt vom Wolf ein Lamm zurückzustehn!
Schon wähnt der Feind den Sieg um nichts zu kaufen,
Da läßt sich ihm ein kühner Gegner sehn,
Denn plötzlich nahn den hohen Gartenthoren
Zum wilden Kampf die Taprobaner Mohren.

71

Und während kaum die Scharen nun zum Streite
Das Schwert gezückt, den scharfen Speer gesenkt,
Kommt Sabas Heer von einer andern Seite
Gleich einem Sturm laut rasselnd angesprengt.
So kämpfen nun drei Räuber um die Beute,
Und jeder sieht von zweien sich bedrängt.
Der Waffen Klang, der Stimmen fremdes Schallen
Läßt weit umher Gebirg und Thal erhallen.

73

Doch plötzlich schwieg das wilde Drohn und Toben,
Der laute Hain ward stiller als ein Grab.
Durch dunkle Nacht schwamm wunderbar von oben,
Wie ein Gewölk, ein leichter Kahn herab,
Und drinnen saß, von Mondenglanz umwoben,
Die schönste Fee mit goldnem Zauberstab.
Den schwang sie hoch in ihren zarten Händen,
Und Blitze schien sein Schwung umherzusenden.

76

Wol kannten wir die freundlichste der Feeen,
Weil wir so oft im Wald und Wiesengrün
Sie mit dem Kind des Königs einst gesehen,
Das frühe schon ihr einz'ger Liebling schien;
Drum wagten wir's auch jetzt hinzuzugehen,
Seit ihre Näh' uns neuen Muth verliehn,
Und als wir scheu durch Zweig' und Hecken spähten,
Da war sie grad' aus ihrem Kahn getreten.

77

Nun war es wol der Mühe werth zu schauen,
Wie irr und wirr hier alles lag und stand.
Der schwang den Speer, ein andrer schien zu hauen,
Ein dritter hielt die Bogensehne gespannt,
Der sprang hervor, und jenem schien zu grauen,
Den sah man schrein, wenn auch die Stimm' ihm schwand;
Denn so wie grad' ein jeder sich befunden,
So stand er jetzt, als wär' er festgebunden.

78

Schon hatt' indeß die Fee den Thron bestiegen
Und an ihr Herz das schöne Kind gedrückt,
Das halb betäubt mit leisen Athemzügen
Zu ihr empor und dann zur Erde blickt.
So sah ich oft die zarte Lilie liegen,
Die früh im Hain der feuchte Sturm zerknickt.
Noch konnte sie vom Schreck sich nicht besinnen,
Da hört' ich so die schöne Fee beginnen:

79

Was stürmt ihr hier so feindlich euch entgegen,
Und füllt mit Haß der Liebe stillen Hain?
Kann euer Stolz den lauen Maienregen,
Den frischen Thau, den hellen Sonnenschein
Durch wildes Drohn und kühnen Zwang bewegen,
Gefild und Wald zu lichten, zu erfreun?
Der Pflicht nur kann das strenge Wort befehlen,
Die freie Gunst will selbst den Pfad sich wählen.

80

Die Freiheit wird im Kampfe wol erstritten,
Dem Bösen wehrt des guten tapfres Schwert;
Wer Fesseln liebt, dem ziemen zarte Bitten,
Und Holdes ist dem Frieden nur gewährt.
Drum laßt den Kampf, zu dem ihr hergeschritten,
Ein schönrer wird von euerm Muth begehrt,
Und daß ihr ringt mit treuerem Bemühen,
Soll meine Hand den Preis euch jetzt entziehen.

81

Denn also steht im Schicksalsbuch geschrieben:
Der Rose gleicht dies jungfräuliche Bild,
Die lange schon ihr zartes Laub getrieben,
Wie liebend sich der duft'ge Kelch enthüllt;
Die Rose kann den hellen Strahl nur lieben,
Den leisen Thau, die Lüftchen lau und mild;
Bei solchem Gruß, bei solchem holden Walten
Wird auch dies Kind ihr reiches Herz entfalten.

82.

Dies ist der Spruch. Jetzt mögt ihr selbst ergründen,
Auf welchem Pfad ihr euch die Braut gewinnt,
Könnt ihr für sie so schöne Gaben finden,
Als Licht und Thau und leise Lüftchen sind,
So wird von ihr der stille Zauber schwinden,
Der heimlich schon durch ihre Glieder rinnt,
Um wunderbar des Schicksals dunkeln Willen
Zugleich im Sinn und Bilde zu erfüllen.

83.

So sprach die Fee. Und was wir jetzt gesehen,
Sah keiner wol, so lang' die Welt auch stand.
Denn leis' umfloß ein grünes Nebelwehen
Das holde Kind, das nach und nach verschwand.
Kaum konnte man ihr Antlitz noch erspähen,
Zu Duft zerrann ihr seidenes Gewand,
Und drinnen schien's zu wirken und zu walten
Mit bunter Schwing' in mancherlei Gestalten.

84.

Schon sah man Zweig' und Blätter sich verweben,
Schon blickte schon die Knosp' aus grünem Laub,
Die Krone, die der Herrin Stirn umgeben,
Umhüllte sich mit goldnem Blütenstaub:
Und uns als Than die Perl' auch kürzer leben,
Was uns beseelt, wem schiene das ein Raub?
Nun wurde noch das Haar zum weichen Moose,
Und vor uns stand die schönste Maienrose.

85.

Halb war vom Grün die Knospe noch umfangen,
Und sah so schön aus ihrem zarten Flor,
Als strebte sie mit zärtlichem Verlangen
Dem Lichte zu und dürfte nicht hervor.
So ist uns heut' ein Jahr vorbeigegangen,
Seit nichts an Form und Farbe sie verlor;
Kein Sturm versehrt, kein Frost, kein Hagelwetter
Den duft'gen Kelch, die ewig grünen Blätter.

86.

Doch jene, die sich um den Raub geschlagen,
Sie merkten wol, als nun ihr Zauber schwand,
Nicht räthlich sei's, das Leben dran zu wagen,
Wo nichts damit sich zu gewinnen fand.
Drum schwuren sie, sich friedlich zu vertragen
Und heimzuziehn ein jeder in sein Land,
Bis sie vielleicht die schönen Gaben fänden,
Die nöthig sind, den Zauberbann zu enden.

87.

Und heute grad' ist jene Zeit verschwunden,
Worüber sie beim Scheiden sich vereint.
Ob sie daheim die Gaben aufgefunden,
Das weiß ich nicht, wiewol es jeder meint.
Wir werden selbst es sehn nach wenig Stunden,
Weil bald die Zeit der sichern Prob' erscheint.
Wenn diesen Berg die Abendstrahlen röthen,
Dann werden sie den Rosenhain betreten.

Dies ist der Grund zu jenem freud'gen Feste,
Zu dem das Volk von allen Seiten zieht:
Auch nahten sich viel edle fremde Gäste,
Die früher selbst sich um den Preis bemüht:
Und unser Fürst bewirthet sie aufs beste,
Und zweifelt nicht, daß heut' die Ros' entblüht.
So sprach der Hirt, und hatte kaum geschwiegen,
Da waren beid' auch schon ins Thal gestiegen.

Dritter Gesang.

ie langsam nur die goldne Pomeranze,

Dein Pflegekind, zur saft'gen Reife schwillt,

Seit fünfmal schon der Baum im Blüten

glanze

Dein still Gemach mit süßem Duft gefüllt,

So, Herrin, keimt an unsers Lebens Kranze

Manch Hoffen auf und schwindet ungestillt.

Wol könnten wir von gutem Glück schon

sagen,

Will uns der Herbst auch eine Frucht

nur tragen.

2

Drum ist es gut, nur einen Wunsch zu hegen,
Zu dem vereint des Lebens Strahlen glühn.
Und sehn wir auch auf vielverschlungnen Wegen
Manch Traumgebild vor unserm Aug' entblühn,
So laß uns thun, wie leichte Wandrer pflegen,
Die hier und dort im Schatten wol verziehn,
Doch munter bald entfliehn auf raschen Füßen,
Um Weib und Kind am Abend noch zu grüßen.

3

Denn was man tief in einem reinen Herzen
Empfangen hat, erzogen und genährt,
Dem folge man durch Thränen und durch Schmerzen,
Durch Sturm und Nacht, durch Woge, Flamm' und Schwert.
Gefällt es auch den Göttern oft zu scherzen,
Wenn Vieles wir und Thörichtes begehrt,
Dem edeln Wunsch, dem ungetheilten Streben
Wird gern zuletzt der Siegeskranz gegeben.

4.

Und muß ich selbst dies Wort auch Lügen zeihen,
Weil ohne Frucht mein treues Ringen blieb,
So werd' ich doch die Stunde nie bereuen,
Die mich hinaus in diese Wellen trieb.
Denn willst auch du mir keine Gunst verleihen,
So fand ich doch ein andres holdes Lieb,
Das milder stets, je mehr dein Stolz mich kränkte,
Mir süßre Huld und reichre Gaben schenkte.

5.

So war's Alpin, dem Sänger, auch ergangen,
Dem, seit das Glück ihn trügerisch verließ,
Gar hold gepflegt von Wehmuth und Verlangen
Sich freundlicher die Muse stets erwies.
Wie manche Dichter priesen und besangen
Die goldne Zeit, das sel'ge Paradies:
Doch jene, die das Schicksal dort geboren,
Sie priesen's nicht, weil sie es nicht verloren.

6

Doch sind es jetzt nicht Schatten nur und Träume,
Die vor Alpin im Flug vorübergehn,
Nein, freundlich, wie durch sanftbewegte Bäume,
Durch Blütenhauch und leichtes Frühlingswehn,
Durch Nebelduft und flücht'ge Wolkensäume
Zu uns herab die festen Sterne sehn,
Will jetzt auch ihm aus irren Traumgestalten
Ein sichres Bild der Hoffnung sich entfalten.

7

Und so begann sein zweifelnd Herz zu sinnen:
Was winkst du mir so freundlich, holdes Licht,
Und mußt doch bald erbleichen und zerrinnen;
Ein süßer Traum, ein täuschendes Gedicht!
Weh mir! Was kann ich hoffen, was gewinnen,
Solang' mein Glück ein Traum nur mir verspricht?
Ein Schattenbild, das nächt'ge Düfte weben,
Kann das entblühn zu Farbe, Licht und Leben?

Doch sollten so die Götter uns betrügen,
So grausam sein im Uebermuth der Macht,
Daß sie von fern uns holde Bilder lügen,
Wenn sie uns Schmerz und Täuschung zugedacht?
Seit mancher Traum auch unsrer Brust entstiegen,
Die meisten sind aus tieferm Quell erwacht,
Und nahn schon jetzt dem künft'gen Kreis im stillen
Wie Geister, die in Körper einst sich hüllen.

9

So ist es hier! Erschien in manchen Stunden
Nicht räthselhaft mir jenes theure Bild,
Von Rosen rings geröthet und umwunden,
Und selbst zuletzt zur reichen Blüt' enthüllt?
Nicht hat mein Herz den holden Traum erfunden,
Er lebte schon, noch eh' er sich erfüllt,
Nur hält erst jetzt den Gast aus lust'gen Landen
Die Wirklichkeit an sichern Liebesbanden.

10

Doch sei es auch; nicht wird er mir entblühen
Der zarte Kelch, worin mein Hoffen ruht.
Hat doch das Glück mir Armen nichts verliehen;
Dies Saitenspiel, es ist mein einz'ges Gut.
Wie darf ich denn um jenen Preis mich mühen,
Der Gaben heischt, nicht Liebe nur und Muth!
Ein Andrer wird, kein Beßrer ihn erwerben!
O bittres Los, viel härter noch als sterben!

11.

Doch muß ich auch im tiefen Schmerz vergehen;
Wenn liebend dann im fremden Arm sie glüht.
Doch freu' ich mich, noch einmal sie zu sehen,
Von der solang' mein finstres Los mich schied.
Mein letztes Lied soll freundlich sie umwehen,
Und sterben soll mein Hauch in diesem Lied,
Wie hold der Schwan mit süßen Melodieen
Die Strahlen grüßt, die jetzt ihn ewig fliehen.

12.

Und wird dann einst durch ihr entblühtes Leben
Mit mattem Glanz, wie ein umwölkter Stern,
Das Schattenbild verklungner Tage schweben,
Wol denkt sie dann auch meiner Lieder gern,
Und wie für sie ich alles hingegeben,
Und wie ich jetzt so fremd ihr bin und fern.
Wol wird sie dann mit nassen Augen klagen:
Er war es werth, zu lieben, zu entsagen.

13.

So sinnt sein Herz, indem sie weiter schreiten:
Doch ob er selbst auch jeden Trost sich nimmt,
So fühlt er doch, daß hier und dort von weiten
Verführerisch noch manches Fünkchen glimmt.
So sieht man oft das Schiff mit Stürmen streiten,
Indeß den Mast ein heller Schein umschwimmt.
Nicht will sein Geist der Hoffnung Quell ergründen,
Ihm ist's genug, sie heimlich zu empfinden.

14

Jetzt wandeln sie durch jene grüne Weide,
Wo schön geschmückt die bunten Zelte stehn.
Rings glänzt die Pracht, der Ueberfluß, die Freude,
Gesang und Tanz erschallt durch Thal und Höhn;
Rings lassen Gold und Perlen, Sammt und Seide
Ihn deutlicher die eigne Armuth sehn.
Ach, seufzt er still, nichts kannst du jenen Schätzen,
Als nur ein Herz voll Lieb' entgegensetzen.

15.

Doch wenn er dann an jenes heil'ge Streben,
An jene Kraft der reichen Brust gedenkt,
Die unerschöpft das ganze Wehn und Weben
Der weiten Welt gestaltet und umfängt,
Und wunderbar das selbstgeschaffne Leben
Mit Himmelsglanz, mit ew'ger Jugend tränkt,
Dann fühlt er stolz, es sei in diesem Streite
Statt ird'scher Macht ein Gott auf seiner Seite.

16.

Nicht kann das Spiel, das laute Mahl, der Reigen,
Die bunte Pracht jetzt sein Gemüth erfreun.
Er wandelt fern, vertieft in heil'ges Schweigen,
Und naht sich scheu dem wundervollen Hain.
Wie glücklich scheint der Vogel auf den Zweigen,
Wie glücklich dort das Bienchen ihm zu sein.
Sie dürfen frei durch jene Hecke fliegen
Und sich im Laub der theuern Blume wiegen.

17

Und wie uns oft, wenn ferne Töne schallen,
Vergangenheit ihr dämmernd Reich erschließt,
Und freundlich uns mit ihren Träumen allen,
Mit jedem Wort verblühter Liebe grüßt:
So scheint der Duft um seine Brust zu wallen,
Der um den Hain auf lauen Lüften fließt,
Und hold erblühn in ahnungsvoller Ferne
Das alte Glück, die längst erloschnen Sterne.

18

Doch wie die Stern' am Abend uns begleiten
Und morgens früh als Führer vor uns ziehn,
So scheint auch das, was sonst in dunkeln Weiten
Ein schwindend Licht der Heimat ihm erschien,
Ihn freundlich jetzt zum künft'gen Glück zu leiten
Und wie ein Kranz am schönen Ziel zu blühn.
Der ist beglückt, wenn ewig unveraltet
Erinnrung stets zur Hoffnung sich gestaltet.

19

Wie mancher Wahn, wie manche Wünsche steigen
In ihm empor, wie wechseln Wang' und Blick!
Die Hecke nur, sie trennt mit schwachen Zweigen
Den Nahen jetzt von seinem ganzen Glück.
Was hindert ihn, sie muthig zu ersteigen?
Er steht, er naht, er bebt, er tritt zurück.
Der einst gezagt, den Bach zu überspringen,
Wie dürft' er jetzt durch jene Hecke dringen?

20.

O holde Scham, du deckst mit sichrer Hülle
Den süßen Reiz, der zart und wehrlos blüht,
Und friedlich weicht des Mannes Wunsch und Wille
Der Jungfrau arglos waltendem Gemüth!
O freundliche, o vielwillkomm'ne Stille!
Die Sehnsucht schläft und fühlt nicht, daß sie glüht,
Wohlthätig kühlt aus einem fremden Herzen
Der keusche Hauch auch unsre wilden Schmerzen.

21.

Indeß umschwamm des Berges grüne Höhen
Entfernter schon der Sonne goldner Schein,
Das Abendroth ließ seine Schleier wehen
Und hüllte rings das Thal in Rosen ein,
Und spielend floß der Kühle lindes Wehen
Von Blatt zu Blatt hold lispelnd durch den Hain.
Der reife Tag begann beim späten Scheiden
Sich in des Herbstes bunten Glanz zu kleiden.

22

Da scholl vom Schloß aus silbernen Trompeten
Durchs weite Thal ein feierlicher Klang,
Der fern umher, wohin die Lüft' ihn wehten,
Durch Berg und Thal, durch Hain und Grotten drang.
Rings schwiegen jetzt die Cymbeln und die Flöten,
Der laute Tanz, der fröhliche Gesang,
Und jeder Gast, vom hellen Ton getroffen,
Schien schweigend jetzt ein schöneres Fest zu hoffen.

23

Doch bald erhob sich aus den seidnen Zelten
Ein bunt Gewühl, ein freudiges Getön:
Man sah, wie dort sich blanke Scharen stellten,
Um schön gereiht durchs Thal heranzugehn.
Weit flog der Glanz, und leichte Lüfte schwellten
Die Fahnen hoch mit feierlichem Wehn,
Die Harfe schien mit süßen Liebesliedern
Den ernsten Ruf vom Schlosse zu erwidern.

24

Und angeführt von holden Sängerchören
Begann die Schar durchs grüne Feld zu ziehn,
Man sah den Strahl der Sonn' auf blanken Speeren,
Auf Schilden rings und goldnen Helmen glühn,
Und lieblich, wie umhegt von reifen Aehren
Cyanen oft und Mohn und Winden blühn,
So ließen sich mit leichtem Schmuck die Frauen
Im Waffenkreis der kühnen Ritter schauen.

25

Wie hoch voran drei stolze Fahnen flogen,
War dreifach auch die Kriegerschar gereiht,
Vor jeder kam ein mächt'ger Fürst gezogen
In bunter Pracht, mit glänzendem Geleit.
Dicht wälzte sich das Volk in breiten Wogen,
Hier drang es zu, dort wich es schnell zerstreut:
Wie jene den, wie diese jenen priesen,
So wählten sie zum Sieg bald den, bald diesen.

26

Schon nahten sie des Gartens hohen Pforten,
Die Menge stand, es schwieg das Sängerchor:
Doch wie gesprengt von starken Zauberworten,
Sprang klirrend jetzt das goldne Gitterthor,
Und lieblich scholl aus jenen stillen Orten
Mit langem Hall ein süßer Klang hervor,
Wie Memnon's Bild, dem Osten zugewendet,
Die Mutter grüßt, die neues Licht ihm sendet.

27.

Wol dachte jetzt ein jeder stolze Freier:
Mir galt der Gruß, mich ruft der holde Laut,
Bald heb' ich froh den zarten Rosenschleier
Und mild erwarmt in meinem Arm die Braut.
Alpino nur ward trauriger und scheuer,
Der Wahn entschwand, worauf er still getraut:
Er fühlte tief bei jenem süßen Klingen:
Dich grüßt sie nicht, du hast ihr nichts zu bringen!

28.

Hold schimmerten des Haines höchste Kronen
Vom späten Strahl des Abends matt und mild;
Doch tiefer schien die Ruhe schon zu wohnen,
In süße Träum', in grüne Nacht gehüllt.
Wie reizend wird hier bald die Liebe lohnen,
Wenn erst der Mond den Hain mit Silber füllt
Und durchs Gebüsch ein Lispeln leis' und lose
Von Seufzern rauscht und traulichem Gekose!

29.

O süßer Kelch voll Lieb' und Lust und Bangen,
Den einmal nur das arme Glück uns schenkt,
Wenn Brust an Brust, umfangend und umfangen,
Und Mund an Mund und Seel' an Seele hängt,
Und Gegenwart, Erinnrung und Verlangen
In einen Kuß, in einen Hauch sich drängt!
Vorbei, vorbei, du Bild voll bittrer Schmerzen,
Du süßes Bild, du Fremdling meinem Herzen!

30.

Ich hab' umsonst gestritten und gerungen,
Ich hab' umsonst so lang' und treu gedient!
Nie hält mein Arm den theuern Leib umschlungen,
Die alte Schuld bleibt ewig unversühnt!
Der Harfe frohe Saiten sind gesprungen,
Der Kranz ist welk, der einst mein Haupt umgrünt:
Nur einen Kuß für ein verlornes Leben,
Den armen Lohn, du wirst ihn nimmer geben!

31.

Sieht jetzt Alpin auch jede Hoffnung fliehen,
Gern tauscht' ich doch mit seinem mein Geschick!
Er sah doch einst die sel'ge Stunde blühen,
War glücklich doch den kurzen Augenblick.
Dies Flammenbild wird ewig in ihm glühen,
Und weint er auch, so weint er um ein Glück.
Wol mag den Schmerz dies Wort ihm freundlich lösen:
Auch du bist in Arkadien gewesen!

32.

Indeß ergoß mit festlichem Gepränge
Die helle Schar in dichtgeschloßnen Reihn
Im süßen Duft der kühlen Laubengänge
Auf weichem Pfad sich wogend durch den Hain.
Stets näher kam das Wehn der holden Klänge,
Stets höher stieg der Sonne später Schein,
Da zeigte sich als Ziel der irren Wege
Ein grün Gefild mit waldigem Gehege.

33.

Allein wie süß auch hier die Vögel girrten,
Wie weich der Fuß ins duft'ge Grün auch sank,
Wie friedlich auch aus Rosen und aus Myrten
Manch Laubendach sich blühend hier verschlang:
Die Augen, die den weiten Raum durchirrten,
Verweilten doch auf dieser Flur nicht lang'.
Ein schönres Bild da drüben in den Wogen
Hat jeden Blick magnetisch angezogen.

44

Denn wallend schmückt mit silberhellem Spiegel
Die Wies' ein See, vom grünen Rand umwebt,
Aus dessen Flut ein duft'ger Blumenhügel,
Von Schatten kühl, die sel'gen Ufer hebt.
Und wie geneigt mit weitgeschlagnem Flügel
Durch blaue Luft die bunte Iris schwebt,
So fügen sich gewölbt vom Strand zum Strande
Mit leichtem Schwung der Brücke goldne Bande.

45

Wie nach und nach von einem zarten Liede
Der leise Klang verdämmert, bebt und ruht,
So brach sich sanft, des bunten Spieles müde,
Am weichen Strand halb träumend schon die Flut.
Und drüben schwamm am Hain der heitre Friede
Im Abendroth, in später Sonnenglut:
Schon schloß die Nacht die fernen, grünen Tiefen,
Wo weich im Moos die zarten Blumen schliefen.

46

Und alles, was in seinen schönsten Träumen
Das junge Herz geahnet und gesehn,
Das scheint ihm dort zu blühen und zu keimen
Und leis' im Duft zu ihm heranzuwehn,
Und jeder sieht fern unter jenen Bäumen
Das erste Bild der frühsten Liebe gehn:
In jener Buchen Grün, in jenen Hecken
Scheint jedem dort sein Glück sich zu verstecken.

47

Und wo die Zweig' am schönsten sich gesellen,
Und Licht und Schatten spielt im zarten Grün,
Wo duftiger die weichen Kräuter schwellen,
Und farbiger die hellen Blumen blühn,
Wo flüchtiger des Baches frische Wellen
Durchs irre Gras mit süßerm Rieseln fliehn,
Da sieht man leis' auf bunten, goldnen Gittern
Den letzten Strahl der Sonne glühn und zittern.

48.

Dort steht umhegt im reinlich glatten Raume
Im Zauberschlaf der Rose blühend Bild.
Nie sinkt der Thau von ihrer Blätter Saume,
Stets säuseln dort die Lüfte lau und mild:
Und wie sich oft im friedlich leisen Traume
Des Kindes Mund mit süßem Lächeln füllt,
So sieht man sanft das schlummernd wache Leben
Mit leichtem Glanz um ihre Blätter schweben.

49.

Und wie sie einst, so reich an keuscher Sitte,
So still, so zart, und doch so leicht und klar,
Für einen Thron, für eine Schäferhütte
Zu schüchtern nicht und nicht zu prangend war,
So beut auch jetzt in grüner Blätter Mitte
Das holde Bild sich unbefangen dar,
Und scheint sich, sanft gewiegt auf schlanken Zweigen,
Von keinem ab, zu keinem hinzuneigen.

10

Und wie sich einst Gedanken und Gefühle
In zarter Brust aus tiefem Quell erregt,
Geahnet kaum, nach einem fernen Ziele
Verlangend oft und schüchtern doch bewegt,
So wallt auch jetzt ihr Duft im leichten Spiele,
Und weiß es nicht, wohin der West ihn trägt:
Doch läßt auch nie sein Walten sich erspähen,
Es ist des Geistes tiefstes, inneres Wehen.

11

Und wenn auch rings die zartgewebte Hülle
Sich leise nur und schüchtern erst getrennt,
So kündet doch des Duftes reiche Fülle,
Das helle Roth, wovon die Wang' ihr brennt,
Schon trag' ihr Herz in jungfräulicher Stille
Ein süßes Bild, das sie allein nur kennt:
Doch zögernd nur, mit keuschem Widerstreben
Gestalte sie den holden Traum zum Leben.

12.

Doch außerhalb dem goldnen Gitterrande
Stand schön geschmückt ein hoher Thron bereit:
Dort saß mit Kron' und purpurnem Gewande
Der alte Fürst in ernster Herrlichkeit,
Und ringsumher nach Jahren, Würd' und Stande
Viel Weis' im Rath, viel Helden, kühn im Streit,
Die Perlen, die sein fürstlich Scepter zieren,
Zum Warnen klug und tapfer zum Vollführen.

13.

Und tiefer saß, wo aus den bunten Auen
Manch weicher Sitz auf Rasen sich geschwellt,
Ein holder Kreis von Mädchen und von Frauen,
Gleich einem Netz, das Amor aufgestellt.
Und wie wir gern die bunten Kränze schauen,
Worin die Frucht den Blüten sich gesellt,
So mischten doch mit edler Mien' und Sitte
Viel Jünglinge sich in der Schönen Mitte.

11

Und froh vereint das zarte Feſt zu krönen,
Begannen ſie bei hellem Harfenklang
Den Liederſtreit, der lind in leichten Tönen
Weit über'n See durch Wieſ' und Haine drang.
Erſt lockte ſüß das leiſe Lied der Schönen,
Dann ſchallte laut der Jünglinge Geſang,
Bis nach und nach des Liedes Doppelflammen
Im holden Chor zu einem Glanz verſchwammen.

12

Indeſſen reihn ſich drüben ſchon die Mohren,
Schon haben, ſtolz und froher Hoffnung voll,
Durchs heil'ge Loos die Fürſten den erkoren,
Der jetzt zuerſt die Gabe bieten ſoll.
Noch einmal wird der Bundeseid geſchworen,
Sich ohne Liſt zu nahn und ohne Groll,
Und, wenn den Sieg die Götter auch gewähren,
Des Siegers Recht zu ſchützen und zu ehren.

16

Dann trennte sich der reiche Zug vom Lande:
Ihn führte stolz mit seinem Dienertroß
Der Inder Fürst im purpurnen Gewande,
Das weit herab in weiten Falten floß.
Dann kam der Mohr von Taprobanas Strande,
Den wellengrün der Panzerrock umschloß:
Doch leicht umspielt von feuergelber Seide
Ging Sabas Herr im hochgeschürzten Kleide.

17

Wol schien's, als ob ihr Schmuck schon jetzt verriethe,
Auf welchen Rath ein jeder still vertraut:
Denn während den die goldne Kron' umglühte,
Schien jenes Stirn von Perlen überthaut.
Der dritte trug im Haar die duft'ge Blüte,
Woraus sein Nest der edle Phönix baut.
So gingen sie mit zuversicht'gem Blicke
Den goldnen Pfad der weitgewölbten Brücke.

38.

Dann folgte stolz, wie mit erborgten Strahlen
Der Mond sich schmückt, mit feierlichem Gang
Die Dienerschar, und trug die goldnen Schalen,
Die jeder Blick neugierig längst verschlang.
Alpino auch, der jetzt mit allen Qualen
Der Eifersucht, der Furcht, der Hoffnung rang,
Hat listig sich in ihren Kreis gestohlen,
Als wär' auch ihm ein Theil der Last befohlen.

39.

O wie sein Herz unbändig schlug und bebte,
Als jetzt der Zug am goldnen Gitter stand!
Wie jeder Puls zu ihr, zu ihr nur strebte,
Nur sie allein sein ganzes Herz empfand!
Wie jedes Glück so nah' ihm jetzt umschwebte!
Wie jedes Glück in ew'ger Fern' ihm schwand!
Wol scheint dies Gitter ihm die dunkle Schwelle,
Nicht weiß er, ob des Himmels, ob der Hölle.

50

Doch mag sein Loos, wohin es will, ihn führen,
Sie steht doch jetzt vor seinen Augen da;
Fast kann sein Arm, sein Athem sie berühren,
Die heimlich sonst sein Blick von fern nur sah.
Unmöglich ist's, er kann sie nicht verlieren,
Sie scheint zu hold, zu eigen ihm, zu nah'!
O rasche Lieb', o täuschendes Vertrauen,
Du wirst ein Schloß auf einem Sandkorn bauen!

51.

Als nun gemach mit zitternd leisem Halle
Das süße Lied der Sänger sich verlor,
Da schritt, umtönt von lautem Paukenschalle,
Mit stolzem Blick der Inder Fürst hervor.
Rings reihten sich die bunten Diener alle,
Und jeder hob die Schleier jetzt empor,
Die feierlich der Gabe lichtes Prangen
Mit seidnem Schmuck verhüllend noch umfangen.

52.

Und sieh, das Gold, das tief mit breitem Wallen
Vom Felsengrund der alte Ganges streift.
Und das der Greif mit scharfen Löwenkrallen
Dem Jäger wehrt, der durch die Berge schweift,
Und jenes, das, wenn sie die tiefen Hallen
Des Hauses wölbt, die Aerm' im Sande häuft:
Dies alles schoß aus hundert schweren Schalen
Auf einmal jetzt in tausendfachen Strahlen.

53.

Doch köstlicher an Reinheit, Farb' und Helle,
Als jenes, das der harte Stein gezollt,
Erzitterte mit schwer gediegner Welle
Im weiten Kelch das trinkbar feuchte Gold,
Das einmal nur im Jahr aus heil'gem Quelle
Mit hellem Klang die Zauberwellen rollt.
Als diesen Kelch der mächt'ge Fürst erhoben,
Begann er so der Gabe Werth zu loben:

59

Das Licht nur weckt die ersten zarten Blüten,
Am Licht nur kann die späte Frucht gedeihn:
Die Strahlen, die dem heil'gen Licht entsprühten,
Zog tief der Schoos der dunkeln Erde ein.
Sie komm' ich jetzt, o Schönste, dir zu bieten,
Der Sonne Bild ist ja das Gold allein;
Drum krönt es auch der Fürsten Stirn, zum Zeichen,
Daß sie an Huld und Macht den Göttern gleichen.

55

So spricht der Fürst. Und wie der Wirth beim Mahle
Das Köstlichste den gnäd'gen Göttern bringt,
So gießt er jetzt aus glänzendem Pokale
Den edeln Trank, der schwer herniedersinkt.
Hold zittert rings das Grün im hellen Strahle
Des goldnen Thaus, der süß im Fallen klingt:
Doch tief versteckt in ihrem weichen Moose
Steht unbewegt und unenthüllt die Rose.

36

Und zürnend tritt, in seinem Wahn betrogen,
Der Fürst zurück mit halberstiktem Fluch.
Da naht der Mohr von Taprobanas Wogen,
Dem jetzt das Herz von kühner Hoffnung schlug,
Und mit ihm kam der Diener Schar gezogen,
Die in der Hand krystallne Muscheln trug,
Von deren Rand mit zartgewebten Schlingen
Zur Erd' hinab goldhelle Netze hingen.

37

Und als er jetzt die Hüllen weggenommen,
Da wähnt man fast bei jenem lichten Schein,
Der Meeresgott sei selbst emporgekommen,
Mit reicher Gab' um seine Braut zu frein.
So herrlich ist der Perlen Glanz entglommen,
Die groß und dicht sich in den Muscheln reihn.
Noch stehen rings die Männer und die Frauen,
Da spricht er so mit kühnerem Vertrauen:

58.

Die Sonn' erquickt, doch kann sie auch verzehren:
Doch friedlich schafft der nächtlich stille Thau.
Ihm gnügt es nicht zu tränken und zu nähren,
Er breitet hold den Himmel auf die Au.
Die Rose muß zur Sonne sich verklären,
Das Veilchen sich zum luft'gen Sternenblau:
Doch nur zu bald zerrinnt sein zarter Schimmer,
Und nur sein Bild, die Perle, leuchtet immer.

59.

So spricht der Mohr und streut mit stolzen Blicken
Die reiche Saat umher ins weiche Grün,
Daß tief vom Wurf die schlanken Blumen nicken
Und hell im Kelch die lichten Tropfen glühn.
Schon wähnt er jetzt den holden Lohn zu pflücken,
Und sieht getäuscht die Rose schon entblühn:
Doch tief versteckt in ihrem weichen Moose
Steht unbewegt und unenthüllt die Rose.

60.

Als so der Stolz des reichen Mohren schwindet,
Hebt Sabas Herr sein heimlich lächelnd Haupt:
Sein leichter Schritt, sein freier Blick verkündet,
Daß er allein den Spruch zu deuten glaubt.
Im Körbchen, nur aus zartem Bast geründet,
Ruht sein Geschenk, von Blättern überlaubt:
Doch läßt der Duft, der süß mit leiser Schwinge
Die Körb' umspielt, schon ahnen, was er bringe.

61.

Denn jeden Strauch, worin auf Sabas Auen
Der heißre Strahl die äußern Düfte pflegt,
Die Blüten dort, die stets zur Sonne schauen,
Die Aehren, die der reiche Nardus trägt,
Den goldnen Saft, den Myrrh' und Weihrauch thauen,
Den edlen Zimmt, den man nach Golde wägt,
Was köstlich nur im Süden blüht und theuer,
Das beut mit diesem Wort der mächt'ge Freier:

62

Was kann der Thau, was kann die Sonne geben,
Da beider Licht sich wandelt und verglimmt,
Wenn ewig nicht des Geistes frisches Leben
Mit lauem Hauch durch Höhn und Tiefen schwimmt?
Mag drum der Mensch nach Gold und Perlen streben,
Der Weihrauch ist den Göttern nur bestimmt:
Er kann allein auf unsichtbaren Schwingen,
Des Geistes Bild, zum hohen Himmel dringen.

63

So spricht der Fürst, und in krystallnem Spiegel
Versammelt er der Sonne letzten Schein,
Und leicht entflammt zerstreut mit buntem Flügel
Der süße Duft sich durch den dunkeln Hain.
Ein zart Gewölk umwallt den Blumenhügel,
Ein sel'ger Rausch nimmt alle Herzen ein;
Doch tief versteckt in ihrem weichen Moose
Steht unbewegt und unenthüllt die Rose.

63

Als nun beschämt die stolzen Freier stehen,
Als traurig nun auf jenes Zauberbild
Die holden Fraun, die edeln Ritter sehen,
Und selbst Astolf die Thränen nicht verhüllt:
Da hörte man ein Säuseln und ein Wehen,
Wie wenn die Flut von leisen Wogen schwillt.
Auf Lüften schien und Wellen wie vom weiten
Mit süßem Klang dies Wort heranzugleiten:

64

Tief ruht das Gold in unterird'schen Hallen
Und schlummert träg' und glanzlos im Gestein,
Und soll das Licht der Perle dir gefallen,
Muß hell auf sie der Strahl die Funken streun.
Der Lüfte nur und nur der Flamme Wallen
Vermag dem Duft die Schwingen zu verleihn.
Wer dürftig nur sein scheinbar eignes Leben
Von andern borgt, kann der es andern geben?

66

Nie wird dem Stoff des Geistes Werk gelingen,
Der heiter sich am leichten Schaffen freut.
Nein, liebend muß sich gleiche Kraft durchdringen,
Und Seel' und Seel' im süßen Wechselstreit,
Und Form und Form anmuthig spielend ringen,
Bis athmend sich das zarte Kind befreit
Und reich begabt im Duften und im Blühen
Zurückgiebt, was der Meister ihm verliehen.

67.

So sprach die Stimm', und durch des Haines Schweigen
Verhallte sie mit lispelnd leichtem Laut.
Und schon begann der Mond emporzusteigen,
Die Erde lag gleich einer blühnden Braut,
Die, leis' entschlüpft dem hochzeitlichen Reigen,
Süß ahnend jetzt dem Freund entgegenschaut.
Schon waren jetzt unmuthig und betrogen
Zu ihrem Heer die Freier heimgezogen.

68

Da naht' Alpin, bewegt von Furcht und Scheuen,
Dem Kreise sich mit sittig stillem Gang,
Indeß durchspielt von träumerischen Tönen
In leichter Hand die goldne Harfe klang.
Er neigte sich dem König und den Schönen
Mit zücht'gem Blick, dann stand er zart und schlank,
Und auf das Bild des schönen Jünglings schauen
Verwundert jetzt die Mädchen und die Frauen.

69.

Dann spricht er so: Nicht wird es mir gelingen,
Wonach umsonst die Fürsten sich bemüht,
Doch möcht' auch ich die arme Gabe bringen,
Die heimlich mir im stillen Herzen blüht:
Und kann Alpin auch mir ein Lied euch singen,
Man hört ja gern ein sanftes Schlummerlied,
Wenn leis' empor aus tiefem Waldesschweigen
Im Mondenglanz die bunten Träume steigen.

70.

So spricht Alpin, der Sänger zarter Lieder,
Ihm neigt Astolf den Scepter fürstlich mild:
Und jener läßt ins weiche Grün sich nieder,
Das schon der Thau mit neuen Düften füllt.
Erst flattert leicht mit zitterndem Gefieder
Im irren Klang des künft'gen Liedes Bild,
Bis nach und nach mit immer kühnerm Schwellen
Gesang und Wort den Saiten sich gesellen.

71

Und horch, er singt, wie leis' aus tiefen Keimen
In sichrer Nacht der Rose Kelch sich webt,
Und dicht umhegt von grünen Blättersäumen
Vom frischen Quell der künft'gen Düfte lebt,
Und wenn auch schon in ihren engen Räumen
Die reiche Form sich üppig drängt und hebt,
Doch still der Geist, von Lust und Leid geschieden,
Noch schlummernd ruht in unbewußtem Frieden.

73.

Doch wenn der Lenz mit seinem Wehn und Wallen,
Mit seiner Lust durch Erd' und Himmel dringt:
Wenn weit umher das Lied der Nachtigallen,
Der Biene Flug, der Quelle Rieseln klingt:
Wenn Blüten rings entkeimen, blühn und fallen,
Und jede Nacht den reichen Schmuck verjüngt:
Dann fühlt auch sie in ihrer dichten Hülle
Der Hoffnung Lust, des Lebens sel'ge Fülle.

74.

Doch nicht wie rings beim ersten lauen Beben
Der Maienluft aus ihrer Knospe Grün
Voll Ungeduld die andern Blumen streben
Und früher zwar, doch kurz und dürftig blühn,
Verschwendet sie in rascher Lust das Leben,
Und knospet lang', nur herrlicher zu glühn:
Still ruht, genährt von Hoffnung und Verlangen,
Der reiche Schatz in ihrer Brust gefangen.

74

Doch wenn gemach die Hüllen sich entfalten
Und sich mit Gold des Pulses Tiefe füllt,
Blickt heller stets durch seines Kerkers Spalten
Mit frischer Lust das holdverschämte Bild
Und freut sich still der wechselnden Gestalten,
Die bunt umher die neue Welt enthüllt.
Ihr frühster Duft, des Athmens erstes Weben
Ist Liebe schon, und wähnt, er sei nur Leben.

75.

Ja, herrlich ist's, wenn nicht mit Blitzesschnelle
Ein fremder Geist von wilder Lust bewegt,
Der heil'ge Strahl im tiefen Liebesquelle
Bewußtlos schon die leisen Schwingen regt,
Und unerschöpft die gleiche Glut und Helle
Durch jeden Puls des reichen Herzens trägt.
Wenn jede Kraft, stets wirkend, nie verschwendet,
Aus Lieb' entspringt, in Liebe lebt und endet.

76

Doch alles harrt schon lang' in süßem Schweigen,
Wenn nach und nach die letzte Hülle bricht:
Kaum regt das zarte Laub sich auf den Zweigen,
Die Welle zieht die leisen Kreise nicht,
Die Blumen schaun empor, die Blüten neigen
Aus grüner Wieg' ihr helles Angesicht,
Der Thau verzieht zur Flur hinabzufließen,
Das Lüftchen weilt, um sie zuerst zu grüßen.

77

Und wenn nun früh der Gott in heil'ger Stille
Aus goldnem Thor den ersten Strahl gesandt,
Dann löst auch sie der Hoffnung grüne Hülle
Und zeigt verschämt das bräutliche Gewand.
Entfesselt' strömt des Duftes sel'ge Fülle,
Sie schaut empor, erkennend und erkannt:
Er, der sie früh erzogen und gestaltet,
Er ist's, dem sich ihr reiner Kelch entfaltet.

78

Und wie, geschmückt mit nie gehoffter Krone,
Die Schäferin, des Königs junge Braut,
Die arglos einst dem fremden Fürstensohne
Im stillen Thal ihr freies Herz vertraut,
Bescheiden jetzt vom purpurhellen Throne
Aufs freud'ge Volk und staunend niederschaut,
So blickt auch sie beschämt herab von oben,
Und weiß es nicht, wer sie so hoch erhoben.

79

Doch alles singt und blüht und lacht in Helle,
Liebkosend grüßt der Lenz sein schönstes Kind,
Der Schmetterling, die gaukelnde Libelle,
Das Bienchen naht, der laue Morgenwind,
Und alles trinkt aus ihrem duft'gen Quelle,
Der jugendlich aus tausend Adern rinnt:
Denn ob ihr Strom auch nur für einen walle,
Die sel'ge Lieb' ist reich genug für alle.

80.

Und freier jetzt vom hellen Licht umwaltet,
Und inniger durchströmt vom lauen Wehn,
Läßt reicher stets und üppiger entfaltet
Der volle Kelch die irren Tiefen sehn.
So scheint, weil stets ihr Glanz sich neu gestaltet,
Und aus der Lieb' erst Liebe zu entstehn;
Denn wandelbar mit ewig bunter Welle
Rinnt unversiegt des Lebens heil'ge Quelle.

81.

Wie hängt sie jetzt mit schmachtendem Verlangen
An ihm allein, den sie zuerst geliebt!
Nicht will sie minder geben als empfangen,
Und reicher wird sie stets, je mehr sie gibt.
Selbst wenn er spät ins Meer hinabgegangen,
Und schwere Nacht den bleichen Himmel trübt,
Wol mögen dann sich andre Blumen schließen:
Sie duftet fort, den Fernen noch zu grüßen.

82

Und wenn, geführt vom drohend dumpfen Schweigen,
Mit schwerem Saum an schwülen Himmelshöhn
Zum Kampf empor die Wetterwolken steigen,
Und nur den Gott in finsterm Trotze stehn,
Dann läßt sie bang, der Sorge süße Zeugen,
Aus heißer Brust die vollern Düfte wehn:
Denn schöner oft als in des Glückes Tagen
Bewährt sich Lieb' in Schmerzen und im Zagen.

83

Doch wenn er dann den harten Kampf vollendet,
Und freundlich jetzt den leichten Morgenwind,
Den kühlen Thau als Siegesboten sendet,
Dann freut sich still das zarte Frühlingskind,
Und steht verschämt vom Himmel abgewendet,
Und athmet kaum und duftet leis' und lind.
O reines Herz, wie ist im drohnden Leide
Dein Muth so stark, so schüchtern in der Freude!

84

So blüh' empor zum reichen, heischen Leben,
Du schlummernder, verhüllter Liebesstern,
Und sieh entzückt, wenn sich die Schleier heben,
Das neue Licht, und dufte nah und fern!
Dies Lied nur kann der arme Sänger geben,
Sein letztes ist's, er gibt sein letztes gern,
Und wirst du einst, wer es gesungen, fragen,
Wer weiß dir dann auch nur sein Grab zu sagen?

85.

So sang Alpin: und als er ausgesungen
Und weit umher noch Welle, Luft und Grün
Im glatten See und in den Dämmerungen
Des stillen Hains entzückt zu lauschen schien,
Beginnt der Ton, noch eh' er ganz verklungen,
Zum sichtbar holden Leben aufzublühn.
Nicht weiß man mehr, ob noch das leise Schallen
Der Klänge bebt, ob zarter Düfte Wallen.

86.

Und bunter stets verschweben und zerrinnen,
Wie Welle sich an Welle spielend bricht,
Die Klänge jetzt, und lieblich zittert's drinnen
Wie heller Thau, wie Duft und Morgenlicht.
Gestalt und Form strebt alles zu gewinnen,
Und blühend tritt ins Leben das Gedicht;
Denn was das Herz einst tief und wahr empfunden,
Das lebt und bleibt dem großen All verbunden.

87

Und wie der Mond, von Wolken leis' umflogen,
Obgleich er selbst dem Auge sich verhüllt,
Hold dämmernd noch den blauen Himmelsbogen,
Die Wolken selbst mit zartem Lichte füllt,
So färben hell sich jene flücht'gen Wogen
Vom Purpurglanz, der aus der Rose quillt:
Doch läßt ihr Kelch wie Träum' im stillen Wehen
Der Dämmerung von ferne nur sich sehen.

77.

Und sieh, es schwillt aus ihrem weichen Moose
Stets blühender die reiche Knosp' empor,
Und lieblich schaut jetzt aus der offnen Rose
Mit goldner Kron' ein holdes Haupt hervor,
Und rings umher verwebt sich leis' und lose
Der Blätter Grün zum weichen, seidnen Flor;
So scheint der Thau, der hell am Kelch gehangen,
Als Perlenschnur am weißen Hals zu prangen.

89.

Und als gemach der bunte Zauberreigen
Von Duft und Klang verdämmert und verhallt,
Steht zart und schlank, in ahnungsvollem Schweigen,
Mit irrem Blick die blühende Gestalt.
Man sieht die zarte Brust tiefathmend steigen,
Vom ersten Hauch des Lebens neu durchwallt;
Bang regen sich die kaum gelösten Glieder,
Sie hebt den Fuß und senkt ihn schüchtern wieder.

90.

Und wie, gelockt von hellen Frühlingstagen,
Die Vögelein verzagt zum ersten mal
Aus weichem Nest von Zweig zu Zweig sich wagen,
Von Busch zu Busch mit zweifelhafter Wahl,
So lenkt auch sie im Staunen und im Zagen
Bald hier, bald dort der Blicke lichten Strahl,
Und sieht entzückt bei zarter Mondenhelle
Wald, Wies' und Flur, Laub, Blüten, Wolk' und Welle.

91.

Doch als sie jetzt mit ungewissen Blicken
Alpin erkennt, der schweigend vor ihr kniet,
Welch Zauberband mag da ihr Haupt umstricken,
Daß sie auf ihn, auf ihn allein nur sieht?
O wie von Scham, von Liebe, von Entzücken
Ihr Busen wallt, ihr holdes Antlitz glüht!
Und sucht auch oft ihr Auge sich zu wenden,
Stets muß es nur noch süßre Strahlen senden.

92

Und als sie jetzt dem lieblichen Verlangen
Der vollen Brust nicht länger widerstrebt,
Und süß verschämt, mit rosenhellen Wangen,
Mit Blicken, die ein trunkner Glanz belebt,
Sich zitternd neigt, ihn freundlich zu umfangen,
Und süß ihr Hauch auf seinen Lippen schwebt,
Und, von der Glut des Kusses tief entzündet,
In ein Gefühl sein ganzes Leben schwindet:

94.

Wer dürfte da mit kaltem Herzen sagen,
Es zieme nur dem thörichten Gemüth,
Sein ganzes Glück für eine Gunst zu wagen,
Die plötzlich naht und kaum genossen flieht?
Nein, Flammen sind's, die aus dem Busen schlagen,
Das Leben ist's, das hellre Funken sprüht:
Zum neuen Sein schmilzt Geist und Geist zusammen,
Und glänzend steigt ein Phönix aus den Flammen!

94

Indessen scheint, da rings in freud'gem Schweigen
Noch alles staunt, vom Himmel hell und hold
Im Mondenlicht sich ein Gestirn zu neigen,
Das leicht herab auf Silberwolken rollt.
Schon zittert bunt in Blüten und auf Zweigen
Der ferne Glanz, die Welle schwimmt wie Gold,
Doch sieht man bald, es sei ein heller Wagen,
Den durch die Luft zwei rasche Greifen tragen.

95.

So nahten sie, und jedes Aug' erkannte
An ihres Sternenschleiers leichtem Wehn
Und an dem Strahl, der um die Stirn ihr brannte,
Mit banger Lust die Königin der Feen:
Und neben ihr zur Rechten ließ Xanthe,
Leontes sich zu ihrer Linken sehn:
Sie, schlank und zart, im ew'gen Jugendlichte,
Er, männlich ernst, mit würd'gem Angesichte.

96

Als nun zur Erd' herabgeneigt im Grünen
Mit hellem Licht der goldne Wagen stand,
Da nahte sich Klotilden und Alpinen
Die Königin im glänzenden Gewand,
Hold grüßte sie das Paar mit gnäd'gen Mienen,
Und bot ihm sanft die wunderkräft'ge Hand,
Dann führte sie mit ernster Huld zu jenen
Die Liebenden und sprach mit milden Tönen:

97

Empfangt den Sohn, den ihr so lang' verloren,
Er hat versöhnt, was eure Schuld gefehlt:
Schon ist das Bild, was seine Lieb' erkoren,
Durch seine Lieb' entfaltet und beseelt.
Sein Zauber hat den regen Geist beschworen
Und lieblich ihn der zarten Form vermählt:
Nur todten Glanz kann Macht und Reichthum zeigen,
Das Leben ist allein dem Sänger eigen.

98.

So sprach die Fee. Doch rasch und freudetrunken
Sind jene zwei, noch eh' die Wort' entfliehn,
Schon in den Arm der Aeltern hingesunken,
Hier weint Klotild' und drüben jauchzt Alpin:
Und wie im Sturm die längst begrabnen Funken
Erloschner Glut zur frischen Flamm' entsprühn,
So muß auch hier jetzt Alt und Jung sich freuen,
Am alten Glücke der, und der am neuen.

99.

Welch Wiedersehn! Welch reizendes Erkennen!
Hand stehn in Hand die Freunde hier vereint,
Dort kann vom Sohn die Mutter sich nicht trennen,
Da hier das Kind im Arm des Vaters weint.
Wie hört man jetzt viel süße Namen nennen:
Sohn, Tochter, Vater, Mutter, Gatte, Freund!
Nur die am liebsten hier die Hand sich böten,
Sie stehn getrennt mit reizendem Erröthen.

100.

Doch führen bald mit ihrem besten Segen
Die Aeltern jetzt an zitternd froher Hand
Die holde Braut dem Bräutigam entgegen
Und weihen gern das längst geknüpfte Band.
Und rasch beginnt sich alles jetzt zu regen
Gesang und Tanz umtönt den duft'gen Strand,
Bis nach und nach beim späten Hochzeitreigen
Die Fackeln sinken und die Sterne steigen.

101.

Da scheidet still die Königin der Feeen,
Und heimlich schleicht die andre Schar ihr nach.
Nur Wellen ziehn und leise Lüfte wehen
Mit süßem Duft uns holde Brautgemach.
Zwar läßt sich rings kein weiches Lager sehen,
Kein seidnes Zelt, kein still verhehlend Dach:
Doch fühlt man schon verstohlne Geister gleiten,
Den schönsten Sitz der Liebe zu bereiten.

102

Denn kaum verläßt mit lächelnd schlauem Blicke
Der letzte Gast den schönen Inselhain,
Da löst sich auch das Band der goldnen Brücke
Und senkt im Nu sich in den See hinein.
Jetzt sind die zwei allein mit ihrem Glücke,
Mit ihrer Lieb' und mit sich selbst allein;
Kein Lauscher wird ihr zärtlich Flüstern hören,
Ihr Lächeln sehn und ihre Kusse stören.

104

Die Well' umfängt im Sinken und im Steigen
Mit leisem Klang das selige Gebiet;
Hold wiegt der Mond sich auf den grünen Zweigen
Und auf der Flur, die selbst im Schlummer blüht,
Und süß beginnt im nächtlich stillen Schweigen
Die Nachtigall ihr langverhallend Lied.
Das Lüftchen spielt in dunkler Waldeskühle
Mit Quell und Laub lind flüsternd leise Spiele.

104

Und wo die zwei verschämt mit feuchten Blicken
Vom süßen Rausch der ersten Küsse glühn,
Beginnt der Hain sich enger zu verstricken
Und farbiger die weiche Flur zu blühn.
Rings glänzt der Thau und tausend Blumen nicken
Mit schwerem Kelch hernieder aus dem Grün;
Der Epheu schlingt in zierlichen Geweben
Durch Blüt' und Laub sein ewig junges Leben.

105.

Wie Amor's Pfeil im jungfräulichen Herzen
Schmückt hell das Gold der Lilie keusches Bild,
Die Rose weint und lacht in süßen Schmerzen,
Da Duft und Thau bis an den Saum sie füllt;
Doch leicht nur will die blühnde Ranke scherzen,
Und neckt den Quell, der ihr vorüberquillt;
Halb träumend schaun aus tiefem Grün, verstohlen,
Maiblümchen auf, Narcissen und Violen.

106.

Kaum kann der Mond durch jene Laube dringen,
Wo Amor jetzt sich seinen Thron gebaut:
Man hört nur fern die süßen Vögel singen,
Nur ferne rauscht der See mit leisem Laut.
Wie innig Ros' und Lorber sich verschlingen,
Umschlingen jetzt sich Bräutigam und Braut.
Stumm war die Nacht: dem Dichter nur verriethen,
Was sie gesehn, Laub, Lüfte, Duft und Blüten.

107

Dies sang ich dir, als mit der ersten Rose
Auch mir ein Lenz der neuen Freud' erschien:
Doch tückisch mischt das Schicksal seine Loose,
Ein weißes zeigt's, wenn wir ein schwarzes ziehn.
So ruht auch jetzt schon unter kühlem Moose,
Die freundlich mir die kurze Lust verliehn,
Und mir ist nichts aus jener Zeit geblieben,
Als nur dies Lied, mein Leiden und mein Lieben.

Xylographie und Druck von F. A. Brockhaus in Leipzig.

Verlagsdruck und Druck von B. G. Teubner in Leipzig